弹弓之上

安武林 ○ 著

希望出版社

图书在版编目（CIP）数据

弹弓之上 / 安武林著. -- 太原：希望出版社，2025.2. -- ISBN 978-7-5379-9255-8

Ⅰ.I267

中国国家版本馆CIP数据核字第2024EF5184号

弹弓之上
安武林/著
DANGONG ZHI SHANG

出 版 人：王 琦	美术编辑：王 蕾
责任编辑：张泽坤	插 图：达 石
复 审：扆源雪	封面设计：周骁羽
终 审：傅晓明	责任印制：李 林　李世信

出版发行：希望出版社	
地　　址：山西省太原市建设南路21号	
开　　本：880mm×1230mm　1/32	印　张：7
版　　次：2025年2月第1版	印　次：2025年2月第1次印刷
印　　刷：山西人民印刷有限责任公司	

书　　号：ISBN 978-7-5379-9255-8	定　价：28.00元

版权所有　盗版必究

目录

第一篇　弹弓之上　001

第二篇　灰小白　097

第三篇　蝉鸣声声　119

第四篇　树　精　171

第五篇　环形跑道　187

第一篇

弹弓之上

一

夜晚，我伏在煤油灯下读书。炕上的苇席，凉丝丝的，通过我的肚皮，凉凉的感觉好像渗进了我的血液之中。也许是趴着的缘故，苇席散发出的浮尘气味，直往鼻孔里钻。土味混合着烧炕时的煳味，让我呼吸得很不舒服。

我爬起来，换成坐姿，低垂着脑袋，继续读书。

爷爷已经进入了梦乡，打着呼噜，睡得很香甜。

奶奶戴着老花镜，在一针一针地纳鞋底。当感觉针不利的时候，她就把针在头发上蹭几下。我把目光

第一篇 弹弓之上

从书页上移开,好奇地注视着奶奶的举动。也不知道奶奶哪儿来的力气,刺啦刺啦纳鞋底的声音,显得那么有力,那么从容,速度又那么均匀。

我曾经试过,但很沮丧,很绝望。即使我用尽了全身的力气,可是,针怎么都刺不穿鞋底。

我们全家八口人的鞋子,都是奶奶一个人做的。纳鞋底好像是针线活中的基本功。乡下的妇女,女红如何,几乎可以从她纳鞋底的水平上得到体现。奶奶纳的鞋底,针脚密密实实、整整齐齐的,好像是机器做的。奶奶做的鞋子,可以穿很久。但是母亲做的鞋子,很快就穿烂了。为此,奶奶没少训斥母亲。

奶奶训斥母亲的时候,总是避开家里其他人。只有一次,碰巧被我撞见了。

奶奶一边给母亲做示范,一边训斥。母亲坐在奶奶的旁边,脸色绯红,因为羞愧而局促不安。奶奶发现了我,马上停止了训斥。她和颜悦色地对母亲说:"你纳的鞋底,歪歪扭扭的,不好看,针脚不密实,

不耐穿。"这倒是一句实话，我们兄弟姊妹几个人，每逢有新鞋穿，总喜欢先看看鞋底，一看针脚就知道是母亲做的还是奶奶做的了。

煤油灯散发着昏暗的灯光，空气中弥漫着煤油刺鼻的气味。我们家煤油灯的灯台是生铁铸就的，底座像大海碗那么大，圆圆的，足有一寸厚。灯台中间微凹，可以放火柴盒之类的小物件，中间的支柱，一尺多高，像爷爷的大拇指一样粗，最上端是一个莲花状的容器，用于盛放煤油灯的玻璃灯罩。

煤油灯的光焰很微弱，像黄豆粒一样大。空气稍有流动，火苗便左右摇摆，像是在风中的麦穗一样。一切都安安静静的，煤油灯的火焰才稳定，才能静静地燃烧。只要有人在炕上走动，煤油灯的火苗立刻就会惊慌失措地摆动起来。有时候，我想凝视一会儿煤油灯，都会惧怕自己的呼吸声惊扰到火苗，所以，我不得不捂住自己的嘴巴和鼻子。

奶奶纳鞋底，纳着纳着，手就不动了，软塌塌地垂在两边的腿上，头一下一下摇晃。她开始打盹了。

奶奶要睡觉了。

我合上书，拍拍麻木的腿，用手端起煤油灯，打算把它放在窗台上。没有支撑物，读书时间久了，手臂很不舒服。

"好沉呀！"我嘟囔着。

这时，煤油灯的灯座在我的手里摇晃了几下，像断线的风筝一样，失去了平衡，失去了控制。煤油灯的玻璃灯罩，像一粒熟透了的种子一样，哗啦一声掉在炕上。

屋子里一片黑暗。

浓烈的煤油味道弥漫开来，像农药一样刺鼻。我咳嗽了几声，无边的黑暗吞噬了我。

爷爷翻了一下身，轻轻咳嗽了一声。我知道，爷爷醒了。可他没有打破可怕的宁静，甚至连一声责备都没有。但我知道，大家都醒了。

一种从心底流露出来的温暖，让我的泪水盈满了

眼眶。我内心充满感动和自责。

就那么一小会儿,黑暗散去,我的眼睛适应了完全黑暗的环境,能看见月光透过窗户那一块小小的玻璃洒了进来。薄薄的白纸上,堆满了月光和枣树的树影。

我的手指不停地哆嗦着,划了好几根火柴才把煤油灯点亮。但煤油灯里的煤油几乎全部洒在炕上了,所以,灯火只能燃那么一小会儿。

一旁的奶奶看出我的窘迫,不知从哪里找了一块抹布,揩拭洒落在炕上的煤油。但煤油比水还要渗得快,挥发得快。

奶奶说:"早点睡吧!"

我答应了一声,目光却一直盯着玻璃窗外面的风景。

窗前的枣树,树影婆娑。巨大的树冠向四面八方舒展着,那绿色的叶子因为在暗影中的缘故,好像都是黑色的。当微风吹动的时候,那朝向月亮的一面,才能闪现出细微的苍翠和点点光亮。

我盘膝而坐,两只胳膊肘放在窗台上。

突然,我发现面向我的枣树枝头间,有两根树枝形成一个天然的Y字形。透过Y字形的树杈,我正好可以看见又大又圆的月亮。

哈,一把巨大的弹弓。我突然变得快活起来,意外的发现让我心头的阴郁一扫而空。我眯上一只眼睛,向月亮瞄准着,好像射日的后羿一样充满自信和力量。

我想起了张小山。

二

有一句话在我的舌尖上咕噜来咕噜去,就像我正在吞咽的面条——松一下、紧一下,松一下、紧一下,隐忍着,始终没有从舌尖上滚落下来。

我不知道说出来的效果会怎么样,也不知道它会产生什么反应,但我知道,我是迫切想表达出来,满足自己的愿望。

我坐在爷爷和父亲的中间。这本来不是我的位置，我应该和我的妹妹以及两个弟弟坐在一起。但那样的话，正好和父亲面对面，他不舒服，我更不舒服。我不喜欢他脸上常常露出的那种鄙夷和怨愤的神情。这个小小的心思，我和父亲彼此心知肚明，但彼此都不点破。只要彼此对视一眼，便能明白对方的心里在想什么。

在我们这个八口之家，一切都是讲规矩的。长辈就是长辈，孩子就是孩子，不能没大没小，坏了规矩。这个规矩是社会约定俗成的，但最重要的核心是爷爷。爷爷就是权威，爷爷就是规矩。本来一切按部就班，风平浪静，但由于我的一个小小举动造成秩序的紊乱，带来了不稳定的因素。

有一天，爷爷卖麻花回来，割了二斤猪头肉。爷爷是厨师，九岁开始就在饭店里当师傅，满世界闯荡，所以他精湛的厨艺是无可比拟的。和厨师们在一起，他都不屑于讨论厨艺的问题，只是用眼睛瞄一眼，就知道对方的水平如何，在什么档次上。本来煮熟的猪头肉已经很香了，再经过爷爷加葱丝、添蒜泥、倒酱油、浇香醋的一系列操作，那更是人世间难得的美味佳肴了。更何况，在那个物质匮乏的年代，我们能品尝上一点荤腥，就心满意足啦。

"哎哟，天啊，猪头肉！"在父亲还没有落座之前，我一屁股坐在他的位置上，挨着爷爷坐下了。

父亲一进屋，发现我坐在他的位置上，黑着脸，厉声训斥我："滚一边去，坐好！"他的意思是让我坐到他的对面去。我吓得浑身哆嗦，委屈和恐惧让我的眼睛里涌出了泪水。

爷爷扬起脸，用温和但又不失强硬的、不容半点反驳的声音说："就坐这儿！"爷爷没对我说，他是对着我父亲说的，言外之意，是他让我坐在这里的。父亲很不满地瞥了我一眼。我相信，如果爷爷不在我身边，他可能会一巴掌甩在我的脸上，或者用脚踹我的屁股。在他的眼里，我是个不长记性的人，对付不长

记性的我,最好的方法是用疼痛来加深我的记忆。爷爷像一只威武的公鸡,父亲像是一只老鹰,我则像只小鸡崽,在爷爷翅膀的庇护下,爸爸是无可奈何的。

这个小小的插曲,改变了我们家里吃饭的规矩,位置从此再也没有改变过。但我很清楚,这是一个不好的兆头,父亲的不满和怨愤会越积越多,他总会找机会出这一口气。老虎也有打盹的时候,爷爷总不能每时每刻都护着我。到那时,我就倒大霉了,要么肉体上来一顿教训,要么一番羞辱让我的精神濒于崩溃。

我吞咽着面条,尽量小心地不发出声音来。爷爷最讨厌我们几个孩子吃饭的时候吧唧嘴了,他会厉声训斥我们:"吃饭的时候不要出声,猪吃食的时候才会吧唧嘴。"不过,爷爷的训斥只会让我们感到脸红和羞愧。因为爷爷的语气和神态,太像我们的老师了。这种吃饭吧唧嘴的不良习惯,在我们乡下的小伙伴们中间,倒是常见的。但爷爷不同于村里的一般老人,他过去是镇上供销社的工作人员,那时候因为某些客观原因，一些人离开了原来的工作单位，领取一些单位给的钱，从国家工作人员就变成了农民的身份。他的不少好习惯，都是那时候养成的。但爷爷的决定，却影响了父亲未来的路。那时候流行接班，父亲或母亲退休了，一个子女可以接替去参加工作。但是父亲没有机会去接替爷爷的工作了。由于这个原因，父亲对爷爷也有些怨言。他心情不好的时候，或者找不到人聆听的时候，偶尔也会向我倾吐心声，仅仅把我当作一个聆听者。

他长叹一声说："唉，你爷爷真傻！"当他从感伤的情绪中回过神来的时候，他用发黄的眼珠盯着我说："不要跟你爷爷说啊，你爷爷知道了会很生气的！"他知道我不会说，但他还是不放心，特意嘱咐我。

面碗里，有一些油星飘着，还有炒过的葱花。我用筷子一戳，哎哟，面条下面藏着一个荷包蛋。我愣了一下，这个细微的表情变化，没有逃过奶奶的眼睛。奶奶噘了一下嘴巴，又冲我挤了挤眼睛。我心头一热，

心领神会，假装埋头吃饭，把脑袋深深地埋进碗里，挡住大家的视线。

我享受这份特殊的待遇由来已久，从我出生那刻起，就开始享受特殊的类似吃荷包蛋一样的待遇。并非我有什么天才式的表现，或者与众不同的才能，才得到爷爷和奶奶的厚爱和偏爱。主要原因是我大病缠身，出生的时候差点被阎王爷抱走了。严重的支气管哮喘让我手无缚鸡之力，瘦骨伶仃，快跑几步都会气喘吁吁，然后剧烈地咳嗽、呕吐，五脏六腑都快吐出来了，眼泪哗啦哗啦地往下流。我的胸口上像压着一块巨石，沉重、沉闷、沉甸甸，然后感觉自己无法呼吸。这种痛苦难以形容，在我的肉体和精神上都留下了残酷而又深刻的印象。

后来，给我独享荷包蛋，在我的家里已经不是什么秘密了，全家人都知道。爷爷也很想一碗水端平，让妹妹和弟弟们都享受上这种待遇，但现实很残酷，没有那么多鸡蛋可以分配。我除了有先天性的疾病之

第一篇 弹弓之上

外，还比较木讷、迟钝、呆头呆脑，看起来有点傻里傻气的，没有妹妹和弟弟们聪明、机灵。恐怕正是这个原因让爷爷大起恻隐之心，使他格外宠我、呵护我。如同几只小动物，同样不喂食，让它们自己出去寻找食物，那只生病的、笨拙的小动物恐怕会饿死，而另外的几只，自己有能力获取食物并生存下去。而我就是那只会饿死的小动物。爷爷呵护我的理由恰恰是父亲轻视我的理由。我是长子长孙，既不能替大人分担家务，又不能给妹妹和弟弟们树立榜样，所以在父亲的眼里，我成了一个累赘。爷爷越是呵护我，父亲越是小看我。在我母亲看来，父亲是八口之家的主要劳动力，他才应该吃鸡蛋多补补身体。母亲对父亲的体恤，超过对我们所有人的爱。

可口的饭菜，似乎能给人信心和勇气。我心里有一个愿望，不适合对爷爷说，也不愿意对父亲说。我也明白，有一些东西是不能逃避的。同学们会常常说起他们的父亲带他们去哪儿玩，给他们买了什么好东

西,我很羡慕。但是我如果在分享时总是把父亲说成爷爷,久而久之,也会让同学们疑惑和怀疑,难道我没有父亲吗?我羞于解释,更不愿意让别人知道我羞于启齿的秘密。我小小地任性了一下,注视着自己的碗说:"我想要一把弹弓。"

父亲一下子火了:"你和谁说话呢?啊,声音大点,听不见!"父亲的声音不浑厚,是那种有点尖锐的刺耳之声,在窑洞里回荡。

妹妹和弟弟们都放下了碗筷,惊愕地望着父亲。母亲有点紧张,而奶奶用余光瞟着爷爷。

爷爷脸上的皮肤和皱纹一紧,他把手中的大海碗往桌子上一砸,噔的一声,厉声说道:"能不能安生地吃一顿饭,想做啥!"

妹妹被吓得哆嗦了一下。

父亲有点气急败坏,一肚子的火气发泄不出来。他看了一眼屋顶,脸色苍白。

也许是突然受到父亲的惊吓,我没有一点准备,

突然,我发现面向我的枣树枝头间,有两根树枝形成一个天然的Y字形。透过Y字形的树杈,我正好可以看见又大又圆的月亮。

正要咽下的面条,不知怎么,像是粘在喉咙里了。

顿时,我一阵剧烈地咳嗽。

母亲赶紧跑过来,一边轻轻给我捶背,一边扭过脸对父亲说:"哎呀,我忘了,邻居李杰大哥让你去他家一趟,不知道有什么急事,我忘了告诉你。"

父亲答应了一声,把碗往桌子上一放,转身就走了。在走出院子的大门时,重重地甩了一下门。

母亲故意支走了父亲。

我站在枣树 Y 字形的树杈下面,又想起了张小山。

三

我想要一把弹弓。

那天在饭桌上,我是想对父亲说的,但我又无法对父亲说。我和父亲就像是天敌一样,彼此总是很敌视。我央求父亲的任何事,无论多么正确,他都很不耐烦,满脸不高兴,带着一种深深的厌恶情绪。

比如,我需要买作业本,他递给我钱的时候,最

后总是喜欢捎带一句话——没用的东西，或者窝囊废之类的，然后扬长而去。我只能站在那里发呆，内心懊悔，倍感屈辱。所以，很多时候，我都宁可去找爷爷，或者母亲，也不愿意向他张口，或者伸手。

我想要一把弹弓——这也是憋了很多天才说出来的。我想加入张小山的弹弓队。

张小山是我的同学，镇上邮电所张大伯的儿子。他们一家人都不是我们本地人，至少不是我们村的。他们是邮电系统的工作人员和家属，属于吃公家饭的人，户口也是城镇户口，不是像我这样的农村人。

我们村是镇政府所在地，有一条东西走向的主干道。我们家在村里的最东头，小学在村里的最西头。从我家胡同出来，走下坡，一上主干道，就可以看见北面的食品站，后面依次为土产收购站、邮电所、中学、新华书店、照相馆、理发店、供销社、食堂、税务所、医院、镇政府，直到学校。而在南面，仅有兽医站、工商所、生产资料门市部、农村信用社，这些

单位都在临街的好位置。邮电所处在最中心的位置。

邮电所大概是公房吧，不是新盖的，古色古香，房屋高大，门楼高大，砖瓦都是老式的。由于年代久远，青砖都变了颜色，变成了土黄色，这都是风吹日晒雨打的杰作，是岁月的见证。门楼的两边，有两个青石狮子。张小山一家人就住在里面。乡下和城里不一样，在乡下工作，都会拖家带口，一家子全在一起。邮电所门楼的旁边，有一排小平房，门窗都是绿色的，极容易辨认，这是邮电所的办公地。院子和后屋，便是住宅地。

张小山上面有几个哥哥和姐姐，一家子都是吃公家饭的，有当军官的，有当老师的，还有在邮电系统工作的。张小山排行最小，所以很受父母的宠爱。但那个时候，父母的宠爱和现在的娇惯扯不上一点关系，很可能是更为严厉的管教。

张小山的着装很洋气，很时尚。的确良或涤纶材质的，这些我们村里的孩子想都不敢想，穿在张小山

身上,怎么看都那么舒服、顺眼,一下子拔高了他的地位和形象,让他显得优越而又高贵。他中等个子,理着小平头,眉毛浓黑,眼睛不大,但眼眶有点下陷,眼珠好像玻璃球卡在石缝里那种感觉。小嘴巴,一咧开笑,显得挺大。我们俩能成为好朋友,令很多人感到奇怪,连我自己都觉得奇怪。家庭条件差异大,成长环境差异大,我们之间身体素质差异也大。论学习,我是中等水平,他算个中下等吧,但我觉得学习成绩和交友无关。我父亲是个象棋迷,他的爸爸也爱下象棋,两个人也算是不错的棋友。我父亲这个人,交往的人似乎都是镇上有身份有地位的,这倒不是势利,而是他怀才不遇,觉得自己本身就是这个圈子里的人。如果不是我长大以后明白事理,恐怕也会把父亲归到势利的那类人里去。父亲知道我和张小山是好朋友,他心情好的时候会笑着对我说:"我刚在老张家下棋哩,那一家人都是好人。"有时候,张小山也会对我说:"你爸在我家下棋哩。"

第一篇 弹弓之上

我和张小山关系好到什么程度，用形影不离这个词形容应该是恰如其分的。这样说太空泛，我举一个小小的例子，这家伙就连上厕所都喜欢喊着我一块去。有时候我的身体没有上厕所的需要，他也会软磨硬泡地拖我去，还会抱着我的肩膀笑嘻嘻地对我说："走呀，就算陪我啦！"瞧，上厕所都要在一起。不过，我不是特别喜欢陪他上厕所。这家伙系着一条军用的黄皮带，特别长，我怀疑是他那个当军官的大哥送给他的，五角星形状的搭扣，威风凛凛，显得格外耀眼。他的胳膊没有皮带长，而他的腰又细，他解皮带的动作简直就像拽绳子一样。所以，他每一次解皮带，都像是在演戏，在炫耀。最初的几次，我的确是很羡慕，时间久了，我就觉得特别累，尤其是我没有上厕所需要的时候还得专门陪他，着实无奈。

有一次，他拽呀拽呀，怎么也拽不开皮带，脸涨得通红。他喊我："快帮我一下呀！"

不确定他是真解不开还是开玩笑，我慢慢腾腾地

弯下腰，帮他解皮带，可是怎么弄也弄不开。他急得大骂一句："真笨，连皮带都不会解，还是我来吧！"

很奇怪，我竟然没有难受，在父亲那里，我已经对"笨"这个词产生了过敏反应，一听到，就会感觉到头晕眼花，胸闷气短。可是，在张小山这里，我竟然没有一点过敏反应，而且，心里还有点暗暗发笑。我心想，连自己的皮带都解不开，还需要别人的帮助，到底是谁笨呀。在平等的关系中，我对很多带有羞辱性的词语都不会有过分敏感的反应。这一次，我差点笑出声来。张小山仰面朝天，急促而又迅疾地释放着自己，好像极度舒适，惬意无比，被绑紧的身子，彻底放松了。

张小山在我们班里是有点地位的，有那么一小群人，喜欢追随着他。他有个提议，大家马上就会表示同意和服从。他是个孩子王，大家都喜欢他，这和他的家庭有一定的关系。他父亲是镇上唯一的邮政员，谁家邮个信呀，寄个包裹呀，都免不了要和他父亲打交道。张小山是他父亲的小帮手,只要是同学去办理业务,他都会找父亲帮忙,无论他父亲忙不忙,他都会很热心地拉上同学对父亲说:"这是我同学。"这样的热情,让他赢得了大家的尊敬。但他对我,要远远超过追随他的那些同学,也许他需要一个"副官",或者叫随从、跟班之类的;也许他需要通过庇护弱者证明他的强大吧。但不管什么原因,但有一点肯定的是,他是向往军人的,喜欢像军官那样发号施令。

那一阵子,男孩子流行玩弹弓,他对我说:"我们也组织一个别动队吧!"

我笑着说:"那是特务汉奸用过的名字,多难听呀。你想干啥?"

他说:"我们每人做一把弹弓,打鸟玩!"

我明白了,原来是组织一个弹弓队。那就叫弹弓队吧,多好。

他一发令,很快,七八个人就组成了一个弹弓队,每人一把弹弓。他们的弹弓,都是找各自的父亲做

的，五花八门的，没有一个重样的。有的弹弓架子是用一个Y形的树杈做的，有的是用粗铁丝拧的；有的皮筋是用黑色的自行车内胎做的，有的是用黄色的小平车内胎做的，有的是用自行车气门芯橡胶管做的。这是我们的兵器。他们都亮出了家伙，相互欣赏。当张小山想看我的弹弓的时候，我无奈而又沮丧地说："我……没有。"

张小山用手拍了一下我的肩膀，大度地说："你可以没有，其他人，都必须有！"

星期天，张小山领着我们去打鸟。打鸟，不能在村子里面打，需要去野外。这是我们的秘密，不愿意让村里的大人知道。

当我们一群人从街道走过的时候，张小山嘱咐我们把弹弓藏好，不要让人发现。但迫不及待的小伙伴们，早已经找好了子弹——小石子，装在口袋里，沉甸甸的，鼓鼓囊囊的，走路时还会哗啦哗啦地响，搞得我们很紧张。这是特别行动，也是秘密行动，真的

第一篇 弹弓之上

有点像电影里的秘密军事行动了,所以我们都很兴奋、紧张。

在我们乡下,鸟的种类很少。我们在北方,附近又没有湿地,或者森林,也没有大江大河,缺少适合各种鸟类繁衍生息的环境。只有屈指可数的几种鸟:喜鹊、乌鸦、麻雀、苇鸟。我们不打喜鹊,那是一种象征吉祥的鸟。乌鸦很少,苇鸟也很少见,几乎找不到。偶尔发现一两只,也不是我们的目标。剩下的,只有铺天盖地的麻雀群了。

我给张小山提了一个极好的建议:去麦场打。那里有几棵大柳树,大柳树上的麻雀成百上千,像我们村的集市一样。麻雀的鸣叫此起彼伏,又像是成百上千的人在喊口号一样,它们扑扇得树枝乱摇,叽叽喳喳,热闹非凡。

我们一离开村子,大家都亮出了弹弓。张小山俨然像个将军一样,把弹弓挂在脖子上。有的人拎在手中;有的人一手握着弹弓架,一手捏着皮兜,皮兜里

装上了石子儿,东张西望地寻找目标;有的人拿着弹弓摇晃着皮筋。当快靠近麦场的时候,张小山突然打了个手势——嘘。他猫下腰,向我们招招手,大伙儿见此情势,也都猫下了身子,蹑手蹑脚,我们慢慢靠近了马房。

马房是生产队饲养牲口的地方,有马,有驴,有骡子,但我们更喜欢称它为马房,也许马是这三种动物中最高贵最值钱的吧。在马房的上面,隔着一人高的土崖,才是麦场和田野。几棵大柳树都在马房的院子里。尽管张小山家没有地,但我们班里组织过支农的劳动,他熟悉马房和麦场,知道它们紧挨着,更熟悉那几棵茂密的大柳树。我们小心谨慎,一步一步地挪动着,唯恐被麻雀们发现,惊动了它们。柳树枝头上的麻雀密密麻麻,它们大声喧闹着,根本不理睬我们。我们很得意,慢慢靠近了柳树,呈半圆形列队散开,因为这样在飞弹的时候,才不容易误伤。

我们慢慢直起身,觉得那么小心谨慎太多余了。

第一篇 弹弓之上

张小山小声说:"都别动,我先来!"

我们乐意听命,因为我们是一支小小的队伍,没有统一的指挥,那会混乱不堪的。

张小山拉开架势,一只手支着弹弓架子,一只手捏着皮兜。他眯起一只眼睛,向树上瞄着。我们都紧张而又兴奋地盯着他瞄准的方向,真不知道他瞄的是哪一只麻雀。

嗖—— 他拉紧的皮筋,猛地松开了,石子儿飞速地射向柳树。很可惜,只落下几片柳树叶子。麻雀似乎没有发现被袭击,或者根本不在意,它们依旧在热烈地喧闹鸣叫。他来不及思考,也来不及表达他的心情,便着急地向我们挥手:"准备准备,一起射!"一起射,这射中的概率有多大呀?大家都张弓瞄准,我只能激动地搓着手掌,似乎看到一只只麻雀歪歪扭扭地从树上掉了下来。

嗖嗖嗖!

哗哗哗!

伴随着一阵急促的声音，飞弹射向柳树，这个时候，麻雀们似乎才意识到了危险，哗啦啦，扑棱棱，黑压压一大片惊惶地飞走了。从树上落下来的，依旧是几片柳树叶子，只不过多了几根羽毛。

张小山说："嗐，真臭，我们的准头也太差了。就算是瞎猫碰上死耗子，我们也应该碰上一只的。唉，偏偏没有。对了，少了你一把弹弓，不然真的能射下一只来！"

"我，我行吗？"我迟疑地说。

"没问题，我相信你！"张小山斩钉截铁地说。

后来，张小山还组织了几次打麻雀的活动。每参加一次，我心里想要弹弓的愿望就更加强烈一分。我必须有一把弹弓。

我想有一把弹弓——我在饭桌上就那么说了。那一顿饭不欢而散，我的声音那么小，也许谁也没有听见，但我坚信，即使父亲听见了，他也不会给我做的。

四

生活就是由许许多多的意外组成的吧。当我静思默想的时候,我发现关于意外的例子不胜枚举。比如,当我说了我想拥有一把弹弓,没想到却点燃了父亲的一腔怒火。

我们家里人的关系就开始出现了微妙的变化,从此饭桌上很难齐整地聚集在一起吃饭了。这样也好吧,我轻松了许多。我们家的饭桌是一个小小的方桌,八个人围坐在一起,显得非常拥挤。好像在露天的舞台下面看戏一样,大家都挨着挤着,有时候夹菜时还会出现胳膊肘相碰的小插曲。好在我们八口之家,不用挤在一张炕上睡觉。

我们家的窑洞有三间屋子,两间是卧室,中间隔着客厅,父亲、母亲、妹妹、二弟睡在南面的大炕上,爷爷、奶奶、我和大弟睡在北面的大炕上。这座窑洞冬暖夏凉,靠东面的墙壁差不多一米厚,而西面的墙

壁,我无法丈量它的厚度,大概更厚吧。因为我们家的窑洞上面是高高的城墙,用土砌成的城墙,窑洞的二分之一是建在城墙之中的。据说日军侵华时,日本人就在上面站岗放哨。从我记事起,窑洞就破败不堪,瓦上尽是青苔,还有一棵棵高高低低的瓦松。我爷爷离开工作单位之后,用钱买下了这座窑洞和院子。在父亲住的那间屋子里,我说过一句很傻很蠢的话,我说:"我记得你们给我闹满月的时候还放炮了,我好害怕呀。"母亲笑得眼泪在眼眶里打转转。

父亲铁青着脸,吸溜了一下鼻子,两手插在裤兜里,冷冷地说了一句:"我的儿子怎么是个憨憨!"一挑门帘,走了。

一家人挤在一座窑洞里,挤挤挨挨的。父亲是个有雄心壮志的人,至少想在爷爷面前扬眉吐气一把,后来,他在院子的东面盖了一座窑洞。如此一来,爷爷和父亲等于都拥有了自己置办的家业。但是,一个八口之家,住同一个院子,两排窑洞,这样简陋的居住环境和如此寒碜的家业，在几千口人的村子里，也算是罕见的。不过，我们家的窑洞，与山里的，或者说电影里看到的陕北窑洞还是大有区别的。尤其是父亲建的那孔新窑洞，从外表看来和瓦房没什么区别，因为它是建在平地上，并不借助悬崖、土坡什么的做屋顶的屏障。它建造成本低，可就地取材，是经济条件一般的人家的首选，因为它不需要像建瓦房一样，用那么多青砖和瓦片，尤其节省材料。它的建筑材料基本上以土坯为主。虽然它冬暖夏凉，但采光和通风极差。挨着我们家的南北两家邻居，虽然与我家只有一墙之隔，但人家都是瓦房。我一直以为我们家的窑洞和他们的瓦房没什么区别。

有一次，在主干道的电线杆旁边，我和张小山还有其他几个同学热火朝天地聊着我们家新盖的"房子"，冷不防，靠着水泥电线杆晒太阳的二狗大叔从鼻子里哼了一声，用嘲弄的语气插了一句，说："你们家那算是什么房子，窑洞哎！"我顿时愣住了，喉咙像是被什

么卡住了,涨得满脸通红。屈辱的泪水一下子涌满了眼眶。张小山一把拽住我的手,对那几个小伙伴们喊了一声:"走喽!"几个小伙伴愤愤不平地瞪了二狗大叔一眼,他们觉得是他欺负了我,惹我伤心了。

也许是我从小体弱多病吧,对内心感受的关注远远大于对外在生活的关注,内心敏感、脆弱,喜欢沉浸在自己的遐想中。而我对生活常识的认知贫乏得可怜,人生经验和社会经验更是像贫瘠的土地一样,几乎没有什么积累和收获。在朴素而单调的乡村里,虽然大家生活在同一片天空之下,同一块土地之上,但人人心里都有一杆秤,人人心里都有一面镜子。谁家里有什么矛盾,谁家里穷得吃不起盐了,谁的爷爷当过土匪……家长里短,几乎没有什么秘密可言。不仅大人如此,孩子们也一清二楚。只是很少有人在我面前谈起,除了爷爷的用意是保护我之外,其他人,尤其是同龄人,至少在心里都认为我是那种不食人间烟火的可怜虫。

第一篇 弹弓之上

我很难融入群体之中,哪怕是几个小伙伴的谈话。他们聊得热火朝天,只要我一加入,聊天就戛然而止。我敏感地意识到大家在刻意回避我,其实是大家认为我不懂,不便于加入谈话。这种情景极为尴尬,好像在宾馆里走错了房间一样。我语无伦次地说:"你们在聊什么呀?继续呀。"他们有的人看天空,有的人看手指甲,有的人看脚上的鞋,陡然之间,大家好像变成了陌生人。我的心像是被针尖刺了一下。我马上意识到,可能大家是在谈论我,说我什么坏话吧。我又觉得不大可能,张小山也在,他不是那种喜欢在背后议论是非的人,尤其是对我。和我没有什么关系,为什么要回避我呢?我百思不得其解,人生有许多谜,看不懂;而人心是最大的谜,看不破。

我的心理活动只不过是一瞬间的事儿,张小山马上就感受到了我沮丧的情绪。他立刻很认真地对小伙伴们说:"我们请小林给我们讲个笑话吧。小林看的书多极了。"气氛缓和了,热烈了,温暖了。

张小山并不是利用他的权威，在小伙伴们心中确立自己的地位。他说的是实话，大家都知道我是个书呆子。走路的时候看书，吃饭的时候看书，睡觉之前看书，上厕所的时候也看书，"书呆子"这个绰号还是班主任老师给我取的。"书"这个东西，就是一把双刃剑，用好了，成就自己；用不好，伤害自己。我对外界事物极少关注，喜欢沉浸在对纸上世界的想象之中。缺少对生活常识和经验的学习与积累，无形之中导致我在生活中常常闹笑话，被人视为痴、傻、蠢、憨，而父亲对我的失望一大半来自我这方面的表现。人们相信"三岁看大，七岁看老"的人生格言，因为我的一切表现似乎只能让人看到我黯淡的未来。

我兴奋不已，我终于成了主角。小伙伴们的眼里充满了期待。我从小到大对笑话怀着持久的热情，这可是我的强项呀。

我想起了我读过的书中的一个笑话，我滔滔不绝、神采飞扬地讲述着，思绪好像又回到了那个安静而又快乐的文字世界中。我笑得前仰后合，鼻涕眼泪都出来了，以至于引起剧烈的咳嗽。张小山赶紧拍我的后背。

我的咳嗽平息以后，直起了身子。天哪，我看见了什么？小伙伴们眼睛瞪得大大的，好像我是个外星人，把他们惊呆了。

我困惑地说："你们为什么不笑呀？难道笑话不好笑吗？"

张小山突然哈哈大笑起来，他对小伙伴们说："笑，大家一起笑，小林讲得太有趣啦！"

"哈哈哈，哈哈哈——"笑声突然猛烈地爆发出来了。他们笑得东倒西歪，如我刚才那样笑得痛快至极、酣畅淋漓。

他们笑得真诚，发自内心，不是假装的，不是刻意安慰我的。

嘿嘿嘿，这也太可笑了，一个笑话把他们逗成这样。我的心里满满当当都是成就感和自豪感，好像大

海涨潮了一样。我仅有的一丝疑虑也在此刻被打消了。

后来我思来想去觉得不大对劲,他们的笑似乎不是为那个笑话而笑。我找到张小山,想寻找答案。

张小山说:"你想听真话还是假话?"

哎哟,这句话分量可不轻。阅读的经验告诉我,假话好听,听起来舒服,如同人人喜欢赞美和表扬一样;真话不好听,听起来就不那么舒服了,很可能会让人很难受、难过,如同苦涩的中药一样。尽管人人都知道吃了药能治病,但是人们还是不愿意接受那苦涩的味道,毕竟喜欢被批评的人寥寥无几。

我一咬牙说:"真话,我当然要听真话啦!"我感觉我的心都在微微发颤,对于我这个敏感而又脆弱的人来说,对挫折的承受能力是很有限的。

张小山自己先嘿嘿哈哈笑了半天,才吐出了一句话:"你讲的是什么呀,我们一句都没听明白。"

我情不自禁地笑了。看来我是个非常不善于表达的人,我不仅缺乏表达技巧,而且也缺乏对聆听者的

第一篇 弹弓之上

关注和观察。我的全部心思都集中在表达的内容上,自己既是表达者,也是倾听者。我是在讲给自己听。笨头笨脑、笨嘴笨舌——几乎是所有认识我的人从心里给予我的评价。除了我父亲,在奚落我的时候使用这些妄下定论的话语之外,几乎没有人当着我的面说给我听,这是生活在自我世界的成功之处,也是我生活在人群中的失败之处。

我喜欢照镜子,这不是自恋,也不是自我欣赏。一张苍白的脸,皮肤病态般的白皙,使我和乡下的孩子很明显区别开来,不少陌生人见到我,都觉得我是城里的孩子。在镜子中,我一次又一次地观察自己的嘴唇——太厚了。书上说,嘴唇厚的人厚道、善良,但笨拙。我把我的笨拙归结为嘴唇太厚了。那些伶牙俐齿的人,一般都是嘴唇很薄的人。我对着镜子左照照,右照照,然后用右手的食指和中指捏住下嘴唇,慢慢往下拉,嘴唇越来越厚,越来越厚,然后我又慢慢松,往回推,嘴唇越来越薄,越来越薄。突然之间,

嘴唇纤细得像一片刚刚展开的柳叶,紧接着定格了。我突然打了个冷战,天啊,这是我熟悉的那个……

"哎,给!"我感觉后腰被什么东西顶了一下,这才如梦初醒。

天哪,是爷爷,爷爷的手里拿着一把弹弓!

爷爷呵呵笑着。

慈祥的爷爷,无比疼爱我的爷爷,用强有力的身躯和碗口大的拳头呵护我的爷爷。

我的眼睛里涌出了幸福和快乐的泪花。

五

小院里的两孔窑洞,正好相对。穿过胡同回家,打开第一道门,便可以清晰地看到第二道门。这种直通的房屋结构,在村子里几乎是没有的,但凡家境稍好一些的人家,都会在第一道门的前方,建造一个照壁。照壁是一面墙,墙上有各种工艺画,比如松鹤延年、海上日出、迎客松等等。我不清楚这种做法是来自风水学还是民俗学。

父亲住的东面的窑洞,没有客厅。大门就开在窑洞里,中间是过道。走进院子,相当于穿过了一孔窑洞。自从父母和妹妹、二弟搬进新窑洞后,我突然有一种失落感和疏远感。一家人好像变成了两家人。尽管我不喜欢父亲,但是他毕竟还是我的父亲,血缘上的羁绊无论如何也是斩不断的。一家人的矛盾越来越少,争吵也少了许多,越来越宁静,但弥漫开的是看不见的、淡淡的陌生感。尤其是妹妹和二弟,无论做什么,暗地里都偏向父母,而我和大弟却坚定地站在爷爷和奶奶这一边。父亲的腰板似乎挺得更直了,走起路来也充满了力量感。我们父子之间的敌意和紧张的关系,也舒缓了不少。

太阳是公平的,早晨从东面的窑洞上空冉冉升起,把柔和而又明亮的光芒均匀地洒在西面的窑洞上。高大的土城墙上摇曳的狗尾巴草清晰可见。向阳的墙壁上,有墙皮脱落的痕迹。墙面用沙子和水泥刷过,后

来又涂上了一层白石灰的装饰性表层,经过天长日久的风吹雨淋,表层脱落了不少,显得很斑驳,那些原始的土坯都暴露在外面了。

爷爷向父亲念叨了好几次,找个机会把墙壁修补修补,粉刷粉刷,父亲每一次都是应付着答应,但从来没有付诸行动。有一次,爷爷又提起这件事,父亲不耐烦地说:"修补那个有啥意思,反正家里也没有人来!"爷爷额头上的青筋在暴跳,拳头悄悄地握紧了,颤抖几下,又缓缓地松开了。父亲的话像在水面上打出的一连串的水漂一样,在爷爷的心里荡起了一朵又一朵伤痛的水花。这是直戳爷爷心窝子的话。

中午,太阳直射在院子的中间。院子里的几棵枣树,细密的叶子像上了釉一样,闪闪发光。到下午的时候,渐渐西移的太阳把光芒全洒在东面窑洞的墙壁上。两座窑洞,一新一旧,色彩反差是那样强烈。在靠南面与茅房不远的墙壁上,一条废弃的自行车内胎,软塌塌地挂在墙上的一根钉子上。那是爷爷的自行车内胎。

爷爷有一辆老式的自行车,那是他工作的那些年的坐骑,已经很破旧了,车上的黑漆几乎都脱落光了。爷爷有时候要去别的镇上赶集,最远的一次去过另一个县的一个城镇。他把装麻花的木头箱子捆在车座后面,慢悠悠地骑着,把这些麻花载到集市上去卖。如果骑得太快,或者路上太颠簸,容易把麻花折成两半。自行车的后座太窄,本来是坐人用的,而爷爷的麻花箱子太宽,捆绑牢固一些很不容易,所以,后来他把车座另换了一个,换成了一个四四方方的后座,这样装麻花的木头箱子能捆绑得更稳固一些。不知道爷爷出于什么原因,把这条内胎挂在那儿。若不能用,丢掉就是;若能用,挂在那儿不太合适,毕竟太阳暴晒和风化,对它有所损害。

吃饭时,父亲冷不丁问了爷爷一句:"爹,墙上挂的自行车内胎哪儿去了?"

我抬起头,视线正好对着不远处的墙壁,那里空

空荡荡的。我脑袋里似乎轰的一声——坏了，爷爷给我做弹弓，用的是那条内胎。

爷爷头也不抬，夹一口菜说："我扔了！"

父亲嘴里的饭菜来不及下咽，就嘟囔着说："好好的，怎么扔了，修补一下，还能用啊！"

说罢，父亲狠狠地瞪了我一眼。从父亲的一瞥之中，我感觉到父亲已经知道了内胎被扔掉的缘由。

在这个小小的院子里，想保守一个秘密是很难的。毕竟，有那么多双眼睛。突然，我发现妹妹把头埋得低低的，好像在专心吃饭，嘴巴还吧唧着，一副强装镇定的样子。我心里明白了，是妹妹告的密。我在心里狠狠地对她说：叛徒，叛徒。

父亲皱着眉头，一脸苦大仇深的样子。他发现爷爷不愿意解释，也不愿意再谈论这个话题。幸亏他及时"刹车"了，否则随后的局面可能就难以收拾了。我们每个人都惧怕爷爷，包括父亲，爷爷暴烈的脾气在村子里是出了大名的。爷爷曾经在地里干活的时候，

第一篇 弹弓之上

不知怎地起了争执,对着一二十个身强力壮的小伙子说:"你们随便谁上来,我摔你们个背跨!"我家隔壁的大虎不服气,他在那些小伙子中,身体是最壮实的。他抱住我爷爷的腰,没过几招,就被爷爷狠狠地摔在地上。后来,有一次在胡同里,我碰见了大虎,他笑着说:"哎呀,你爷爷真厉害。"他对着我竖了一个大拇指。非常奇怪的是,爷爷又特别随和,大人小孩都能和他开玩笑。大人介绍我的时候,一般都说这是谁的孙子,很少有人说这是谁的儿子。爷爷的威名和影响力由此可见一斑。

饭桌上父亲问爷爷内胎的事情时,母亲一直向父亲递眼色,意思是不要让父亲再追究了。我在旁边,趁父亲不注意时,愤怒地瞪了他一眼。坏了,这一眼被母亲发现了。我的心扑通扑通狂乱地跳动着,但母亲却装作若无其事的样子,好像没看见一样。母亲始终想缓和我和父亲之间的关系,但她的努力无济于事。虽然我内心脆弱,身体瘦弱,甚至看起来性格也懦弱,

但我的骨子里其实有一股倔强的反抗精神。刚吃完饭,母亲就把我喊过来,悄悄地塞给我一点钱,让我买作业本。前几天,我曾向母亲要过钱,母亲却对我说:"管你爸爸要呀!"我明白,她希望我能主动接触父亲,可眼下的局面却让母亲忧心忡忡。我和父亲的关系似乎不容水火。听到母亲那么说,我一声不吭扭头就走了。在我的记忆中,我似乎很少向父亲开口。

母亲说:"哎,你爸爸不容易呢。养活一大家子。你看他瘦成啥样了。你爷爷也不心疼他,只顾带着你们胡吃海喝,往后的日子怎么过呀。你爷爷太败家了!"说着说着,母亲开始啜泣着掉眼泪了。我想我心肠太软,大概是遗传了母亲的基因。我的泪水也盈满了眼眶,但并不是体恤父亲,而是心疼母亲,我的泪水是为母亲落下的。

在我们这个八口之家中,母亲是最勤劳、最能忍辱负重的人。她随着父亲一起下地干活,随着父亲一起回家,同样都劳作了一天,但回家之后,她让父亲躺在炕上休息，自己忙忙碌碌又开始张罗给全家人做饭。我们兄弟姊妹四个人，都在愤愤地替母亲打抱不平，觉得父亲没有一个男人的样子，没有一个父亲的样子，没有一个丈夫的样子。他反而像个婴儿一样，处处享受着母亲的呵护。这种普遍的敌视态度，母亲心里一清二楚，她没少唠叨父亲，但父亲一副高高在上的架势，对我们四个孩子的看法不屑一顾。我都能想象出他向母亲耍威风的样子，他肯定会说："一群忘恩负义的小崽子，还反了他们不成？这个世界上哪有老子给儿女低头的道理！你不要啰唆了，烦死了！"

爷爷的自行车，放在家里，从来不上锁，谁喜欢骑就骑。我最初学骑自行车，便是用爷爷的自行车学的。爷爷有事要骑车子，却发现自行车不在家，就在院子里喊："谁把自行车骑走啦，快送回来！"妹妹应声答道："我哥骑走了，我去找他！"父亲比我们都做得好，每次他用自行车的时候，都要给爷爷打个招呼："爹，我用一下自行车啊！"每次用完之后，他都

会抱怨自行车太老啦，太破啦，这儿不好用啦，那儿的零件快坏啦……我和二弟听了，总是在私下里偷笑。父亲的抱怨不无道理，也许是事实，但更重要的原因恐怕是让他失了面子。他是一个死要面子、虚荣心极强的人。其实，他的抱怨里还有一个潜在的心理诉求，那就是希望爷爷能再买一辆新的，但爷爷是个容易知足的人，务实的人，他觉得有辆自行车骑就不错啦。更何况，这辆自行车跟着他风风雨雨好多年了，像是他的伙伴一样，这份感情很难割舍。

终于，父亲憋不住了，买回一辆八成新的二手自行车。父亲满面春风，眉开眼笑，好像劳模从省城戴着大红花回来了一样。他很爱惜他的自行车，用彩色塑料布条，把能缠的部分都缠绕了一遍。我们兴高采烈地围上去看自行车，他却呵斥我们离自行车远一点，小心碰坏了。我们顿时像泄了气的皮球一样，四散而去。在平时，他不骑的时候，会吧嗒一声锁住他的爱车，然后把钥匙装在自己的口袋里。自行车只是个交通工具，虽然可有可无，但毕竟能给人提供便利。我们家是个例外，因为生活很贫困，所以它成了我们家的高档奢侈品。如果论起家产的话，它大概是我们家唯一值钱的东西。

没过几天，我惊奇地发现父亲把自行车改造了。在后座的两边，各加了一个置放邮递包的铁支架。这种支架只有邮递员的自行车上才有，几乎属于专有的物品。它是用来支撑沉重的邮递包的，不用的时候，拉上来，用的时候放下去。父亲肯定是从张小山的父亲那里搞来的。如果把他的自行车全部刷上绿漆，那活脱脱就是一辆邮递员专用的自行车。我相信父亲骑上自行车的感觉很高兴，在我们村，除了张小山的爸爸，就是我爸爸拥有这种特殊的自行车了。自豪、骄傲、得意、扬眉吐气、幸福、快乐，父亲最可爱最仁慈的一面，因为一辆自行车而全部展露出来。

父亲骑着自行车，带着母亲，驶上主干道的时候，我的内心洋溢着纯真的喜悦之情。这才是一个好爸爸、

一个好丈夫应该做的一切。母亲的脸上绽放着灿烂的笑容,在她愁苦的人生中,这样的时刻太少了。我们兄妹四个虽然还小,尚不能理解大人之间的感情,但父母之间的互敬互爱,却是我们最乐意看到的情景。不知道父亲要把母亲带到哪里去,也许,是兜兜风吧。他们是早晨出去的,一直到黄昏的时候才回到家。我很好奇,又有点疑惑,在吃饭时,忍不住问了一句:"妈,你们去哪儿了?"当我的话脱口而出的时候,我才发现自己犯了一个小小的错误,我应该问父亲的,但这已经是多年养成的习惯了。我有点小小的懊悔。

我万万没有料到,我的随口一问,让母亲慌乱不堪。她努力微笑着,却掩饰不住紧张的心情。母亲说:"噢,我,我去你姑姑家了!"母亲一边回答我的问题,一边悄悄地注视着爷爷。爷爷好像没听见一样,只是埋头吃饭。

我知道母亲有一个习惯,她受了委屈,或者心理压力太大的时候,喜欢找人唠叨唠叨,说一说,哭一哭，心情会好受一些，但她从来都是找左邻右舍能聊得来的姐妹们倾诉。去姑姑家，邻村，显然是走亲戚呀，这有什么见不得人的，至于那么紧张吗？

母亲一定隐藏了什么秘密，这个秘密只属于她和父亲。

我的手插进衣兜里，突然触摸到了滑溜溜、冷冰冰的弹弓，我下意识地捏紧了弹弓，好像它是我破解一切谜团的武器。

六

在我们村子里，有一些约定俗成的称呼，外人听起来一头雾水，本村的人一听立马就明白。这倒成了区别本村人和外村人的一个重要标志。

——你家住哪儿？

——东头！

——你们小学在哪儿？

——西头！

——去崔家河水库从哪儿走比较近？

——南头！

——我们去弄酸枣，哪儿有啊？

——窑上！

我们对这些地点名称的使用，犹如古代的部落一样。东头、西头、南头既指明了方向，也说明了以家庭为单元的居住位置。唯独北边，我们不叫北头，叫窑上。我们读"上学"的"上"是普通话的读音，其余的"上"字都读"射"字的音。窑上是我们村地势最高处，和另一个县的西窑村相邻，我们家东头这边和东窑相邻，我们村在我们县最北部，靠近和另一个县的分界线。据说，我们村的形状像一个人的手掌心，村名由此而来。如果再细分，我家所在的东头这一块，叫埠上。埠上是村东边的地势最高处，到我家需要上个缓坡，在主干道的北边。和北边镇上食品站相对的是八亩园，在主干道的南边，也属于村东头。

这一切都属于民俗学或者地方志研究的范畴。小

第一篇 弹弓之上

时候我只觉得非常有趣,曾经问过一次父亲,因为父亲是我们家学问最大、学历最高的人,读到了高中但没有毕业,据父亲说,他的学习成绩数一数二,用现在的话说叫学霸。这是父亲自鸣得意、津津乐道的话题。如果我们问他学业如此优秀为什么辍学时,他就立刻陷入困窘之中,母亲紧张地盯着爷爷的脸,而父亲则耷拉着脑袋,黯然神伤,好像搜肠刮肚、字斟句酌地思考一样。

他轻轻地说了一句:"家里穷。"一脸的委屈,一脸的沮丧。

我们兄妹四人都把目光投向爷爷,心里替父亲暗暗惋惜。

父亲抱着大海碗,稀里哗啦一顿猛吃猛咽,三下五除二把大海碗里的饭吃得干干净净的,把碗往桌子上一放,急急忙忙就离开了饭桌。

奇怪的是,爷爷什么也没说,虽然他在饭桌上从来都是沉默寡言,但我觉这时候的他应该有所表示

才对。搞不懂,我无不懊恼地在心里感叹。大人的世界,不喜欢孩子介入,这已经是我早已经获得的经验。有时候,我发现一群大人正兴致勃勃地聊着天,还不时发出大笑声。我好奇地靠近他们,想听听他们在谈论什么,如此有趣,如此乐呵,而一旦被发现了,有人就呵斥我:"走开,小屁孩,听什么听!"大人和孩子之间,犹如象棋盘里的楚河汉界一样,一旦越界,就是侵犯、侵略,就会遭到驱赶、杀伐。我们每个孩子都懂得,但不善于表达,更缺乏准确比喻的能力。这种比喻不是作文上的修辞方法的运用,而是对人生、社会、人性的认识和理解。

那些天,我惴惴不安,像是被樟脑球圈住的蚂蚁一样。我都不敢照镜子了,仿佛一照镜子,眼前就会出现幻觉。镜子里薄薄的嘴唇,上唇和下唇不停嚅动着,那嘴唇像一个小小的瀑布一样,浪花四溅。似乎那小小的水珠喷到了我的脸上、额头上、头发上、睫毛上,唉,太恐怖了。后来,这种幻觉又变成了梦,

第一篇 弹弓之上

夜里我常常被这个噩梦惊醒。当醒来的时候，额头上汗津津的。书上说，日有所思，夜有所梦。但我白天并没有想，也许潜意识里想过吧。

张小山年长我一岁，或是两岁，我不喜欢对一些无关紧要的问题"穷追猛打"，我只知道他比我大就行了。在放学的路上，他笑呵呵地拍着我的肩膀说："兄弟，加油啊！"我问道："加什么油啊，加点醋还可以。我这个山西人不喜欢吃醋，倒成了一大奇闻，油就免了吧！"他笑得更厉害了，简直是狂笑。他说："还不承认，吴娟背课文的时候，我看见你的脸都绿了，哈哈哈！"这个张小山，哪壶不开提哪壶，我尴尬地笑了笑，笑得非常牵强，我感觉我的脸蛋像是涂了一层被晒干了的泥，僵硬且生疼。

吴娟是我的同学，和我同住村东头，她家在八亩园。她父亲高大但不威猛，倒是有点文质彬彬的。听说她父亲是单位退休的职工，有一手修钢笔的好手艺。有集市的时候，在街上摆摊；没有集市的时候，在家

里接活。他的摊比我爷爷的麻花摊简易多了,把自行车往街道旁的大杨树上一靠,打开车子后座上扁平的木头小箱子就行了,半敞的箱子盖儿上,摆着形状各异、颜色缤纷、规格众多的钢笔,像一排排童话里的士兵一样,整整齐齐,接受着我们这些学生崇拜和羡慕的目光。那个年代,能拥有一支钢笔,不仅是时尚的标志,也是家境殷实的象征。我与钢笔是无缘的。

令我好奇的是,吴娟的爸爸有一张厚厚的嘴唇,给人一种心地善良、厚道、值得信赖的感觉;但不可思议的是,吴娟却天生一张薄得像刚长出来的柳叶一样的嘴唇。我曾经对张小山说过,吴娟是我见过的世界上嘴唇最薄的女生,如果他能在学校里发现比吴娟嘴唇更薄的,哪怕是一样薄的女生,我都愿意输给他一根麻花。

一根麻花的诱惑对我们来说是巨大的,张小山无法抗拒。从此他就放在心上,明察暗访,调查了好多天。在调查的过程中,差点闹出笑话来,盯着女生看,或者"尾随"女生。这可不是什么失礼不失礼的问题，这很容易被人当作是耍流氓，这要是让家长和老师知道了，后果严重得无法想象。我们的村庄是一片清静之地，虽然偶尔有小偷小摸、打架斗殴的现象，但若是被人冠之以"流氓"称号，那么他在这个村子就无法待下去了。人人都会疏远他、孤立他，除非他改邪归正，否则就得迁徙他乡。

张小山一边苦笑一边对我说："哎呀，你这根麻花，像王母娘娘的蟠桃一样，我是享用不上啦！太可怕了，太恐怖了，我差点被当成小流氓！"不过，他也老老实实承认了，我的观察真细致、真准确，吴娟的嘴唇就是"天下第一薄"。

吴娟是一个长得白白净净的女生，扎着两个小辫，苗条，秀丽，五官非常协调。她走起路来，威风凛凛，显得那么有力量。尤其是说话时，语速快得要命，哒哒哒像机枪扫射一样，我都不敢和她说话。和她说话的时候，我的脑子一片空白，耳朵似乎也听不见任何

声音,眼睛也模糊了,整个人差不多都成了废人。就像深秋时节在狂风中扫落叶一样,这里的十片落叶还没有扫走,那儿又刮来二十片落叶。她的第一句话还没飘到我的耳膜,第二句话又赶着来了。这还不是让我最苦恼和烦躁的,最令我惶惶不安的是,在全班的背课文速度上,她名列全班第一,我名列第二。

我们的老师,应该和全世界的老师都一样吧,都喜欢优秀的学生。我和吴娟在学习成绩上虽然排不到前面,但在背课文方面,我们绝对是优秀中的优秀,所以,只要是背诵课文,老师就喜欢点我们俩的名字。

吴娟背课文的时候,男生有捂嘴偷笑的,有轻轻惊呼的,有汗颜耸肩膀的,有惊讶做鬼脸的,平时拘谨的女生,这个时候也都把腰板挺得直直的,颇有扬眉吐气的气势。她在背诵的时候,我偷偷凝视着她的嘴巴,她的上嘴唇和下嘴唇犹如快速旋转的齿轮一样,令我眼花缭乱;白色的唾沫像润滑剂似的,向嘴角两边移动,积成两个小点点,像米粒一样大的小斑点。

第一篇 弹弓之上

但我不能太分神,因为老师的习惯是她背诵完一遍之后,让我再背诵一遍,这是给男生和女生树立榜样呢。

轮到我背诵的时候,男生们用各种小动作给我打气鼓劲儿。有的握拳头,有的竖大拇指,有的扬下巴颏儿,他们都希望我能灭了吴娟的威风,能比过她,超过她。无论我在私下里如何苦练,但最终还是一败涂地。

老师还喜欢玩花样,有时候让我背一段,让她背一段,有时候还跳段背诵,这简直成了背诵表演了。我很反感这样,觉得有种被戏耍的感觉。但我的老师似乎很享受,我和吴娟背诵的时候,老师眯着眼睛,摇晃着脑袋,好像在欣赏美妙的音乐一样。我在心里抗议过很多次,要么让吴娟一个人背诵,要么让我一个人背诵,让我们两个人背诵等于是把我当成了羊肉串,架在火上炙烤。有一个强烈的声音在我的耳边回荡:你是第二名,你永远都是第二名!吴娟背诵的时候,从容不迫,显得自信满满,而我则显得狼狈不堪,

努力的样子像猴子一样,就差抓耳挠腮了。

张小山说:"哎呀,你是男生,和女生计较什么呀?别生气别生气!"

我气呼呼地说:"不生气,不生气,我哪有资格和人家生气呀。"

张小山说:"别装啦,瞧,你都不会笑了!"

我故意哈哈大笑几声,但笑得那么苍白,那么乏力。张小山轻轻地拍了拍我的后背,一股暖流涌入心田。这无声的语言,足以让我明白他的良苦用心了。他知道我有哮喘病,我如此夸张地笑,很容易引起剧烈的咳嗽。我的掩饰在他面前是可笑的,根本没必要,能够交心的朋友互相是知根知底的。

他伏在我的耳边,用很轻的声音说:"我买了一本小人儿书《红色娘子军》,要不要看啊?"

我的眼睛顿时亮了,积压在心头的乌云瞬间消散。

我兴奋地说:"要看呀,快拿来!"

他微笑着说:"哎呀,在家里呢!"

我的心凉了半截,后背也开始发凉。

我坚决地说:"我不去你家,我不去你家哦!"

张小山狂笑起来,他说:"知道,知道,放心吧!"

他兴奋地从口袋里摸出弹弓,四处观察着,发现身旁一棵粗壮的泡桐树上栖息着一只乌鸦,嗖——一粒石子飞了出去,结果,只射下一小片叶子。

乌鸦惊慌失措地飞走了。

七

我和张小山有一个共同的秘密,我们始终守口如瓶,没有让第三个人知道。如果这个秘密被外人知道,那我们的处境可能会沦落到无人理睬的地步。尤其是张小山,作为孩子王,他始终乐意扮演勇敢英雄的角色。我们愿意跟随他、服从他,除了他家庭的原因之外,更重要的是他无所畏惧的性格。如果人人都知道他是个胆小鬼,那么他的地位和影响力会大打折扣。男孩子被人叫胆小鬼,是一种耻辱,容易遭到小伙伴

们的鄙视和嘲笑。这是男孩子们默认的一条铁律。

我去过一次张小山家,之后再也不敢去第二次了。那一次让我心惊肉跳,记忆深刻。生活的经历会提高我们在阅读过程中的理解力。比如书中描写在草原中或者在森林中,一只小兔子被一群狼追赶时的恐惧、紧张的心理,我是没能深刻体会的。但那次去过张小山家之后,我深深地体会到了。我就像那只小兔子,成了被追逐的猎物,但令我羞于说出口的原因是,追逐我的是一只大公鸡和一只大鹅。

那天,黄昏的时候,我去张小山家找他。到了他家门口,我下意识地抬头仰望了一下他家那高高的门楼,门楼让人望而生畏,比一般人家的门楼都高出许多。它属于老式建筑,过去都是大户人家的住宅。这种建筑在我们村仅有两三处,尽管很多年过去了,墙上的砖除了由青变黄之外,依然坚固耐用,完好无损。砖是特制的,比我日常见到的砖更长更宽更厚。大门上一对威风凛凛的"怪兽"格外引人注目,"怪兽"

的嘴里各衔着一个又粗又大的铜门环,看起来很凶猛的样子。一切看起来都很神秘、肃穆、威严。长大后才知道,这叫"铺首",传说具有驱妖避邪的含义。

我深深地吸了一口气,感觉自己呼吸有点不均匀,心里有点慌乱。

叩击门环。

铜门环的声音响亮、浑厚。我喜欢铜器撞击发出的声音,而对铁器之声却有一种莫名的反感和厌恶,也许它有点太刺耳、太尖锐,容易使我想起蝉鸣。

嘎吱嘎吱——

沉重的木门发出"咬牙切齿"的声音,好像不欢迎我这个不速之客似的。

张小山!

我差点没笑出声来,他站在木门之间,像一只小小的老鼠。看他两手扶着门的样子,好像随时都准备关上一样。或者,对于陌生人上门,他要先向父亲通报一声才能决定是否放人进去。我倒是很容易理解的。

张小山的家不是随随便便可以来的,这里既是他们一家人居住的地方,也属于工作单位。其中还涉及钱财方面的纪律,因为总有人要取款汇款,虽然保险箱在前面的邮电所的平房里,但人只要进了大门来到院子,是可以直接进邮电所的。

看见是我,张小山警觉的眼神马上盈满了笑意。他拉开门说:"进来吧!"

进了门,我的眼睛立即被两棵硕大的夹竹桃吸引住了。夹竹桃属于灌木,看起来一大丛,很茂密的样子,大约两米高。夹竹桃花儿正盛开,一株是粉红色的,另一株是白色的。深绿色的叶子是扁平的,看起来很坚硬。看得正入神的时候,我突然感觉有什么东西向我跑过来,而且快到脚边了。哎哟,两个家伙,一只是气势汹汹的大公鸡,一只是笨重威猛的大鹅。它们直冲着我来了,那架势,像要来啄我,令我大吃一惊,又蹦又跳,吓得我一直往张小山的身后躲。

"小山,它们要咬我,快点帮帮我啊!"我都快窒息了，感觉心脏都要跳出来了。张小山蒙了，他没有想到一只鸡和一只鹅会把我吓成这样。我围着张小山转圈，这两个家伙也使出了全身力气，飞快地追逐着我，好像不追到我就誓不罢休一样。张小山像一根木头桩子一样，一动不动，只是扭着头看我被这两个家伙追逐的"惨状"。哎呀，后来我想起来都觉得好笑，我是在和鸡、鹅赛跑啊。

我转了两圈，张小山才回过神来。

他猫下腰，展开双臂，做驱赶的动作，嘴里还念叨着："去去去！"

公鸡和大鹅恋恋不舍地放弃了追逐，它们还盯着我，那副表情好像在说："看在我家小主人的面子上，这次放你一马，哼！"大公鸡示威似的抖了一下巨大的鸡冠。

我不知道这是一只什么公鸡，鸡爪大得像鹰爪一样。羽毛几乎看不出是青的还是紫的，尾巴上的羽毛高高地翘着。鸡冠大而红，如同恶人脸上的横肉一样。

它的性格暴烈、好斗。其他的几只母鸡看起来小得多,张小山说那是来航鸡。大鹅闷声不响,好像是专门偷袭别人的坏蛋。大公鸡喜欢尘土飞扬的阵势,大鹅喜欢不宣而战的偷袭。小时候战争小说读得多了,我把这两个家伙视为好战分子。

张小山笑嘻嘻地说:"你也太胆小了吧!"

我反唇相讥:"好像你的胆子有多大一样!"

嘿嘿嘿,张小山不好意思地笑了。张小山的笑特别有意思,他一笑,脸蛋马上就变红了,红得像鸡冠一样。

张小山从来没有去过我家,他每次找我的时候,都是站在我家胡同口喊我。要是他一个人喊,倒也没什么奇怪的,偏偏是四五个人一起喊,这就有点奇怪了,就连我家里的人都觉得奇怪。

一个星期天的下午,我正在炕上看书,妹妹突然叫我:"哥,哥,外面有人叫你!"我还沉浸在书的世界里面,根本听不到任何声音。妹妹说:"不是一个

看得正入神的时候,我突然感觉有什么东西向我跑过来了,而且快到脚边了。哎哟,两个家伙,一个是气势汹汹的大公鸡,一只是笨重威猛的大鹅。它们直冲着我来了,那架势,像要来啄我,令我大吃一惊,又蹦又跳,吓得我一直往张小山的身后躲。

第一篇 弹弓之上

人叫你,是好几个人在喊你名字呢。"见鬼了吧,我冲着妹妹翻翻眼皮,继续看书。母亲侧耳细听了一会儿说:"是啊,好多人,好像在胡同口那里!"母亲都这么说,那大概就是真的了。我合上书本,匆匆忙忙地下了炕,一边走,一边还在嘴里嘀咕着:是谁呀?

我家的胡同,住着好几户人家,并不只有我们一家。胡同是南北走向的,最南面还有一条东西走向的胡同,向北面再走过几户人家,就通向了大路。如果从南往北算,我们家是第二户人家,第一户人家的大门开在东西走向的胡同里,两条胡同相交,呈丁字形。如果站在胡同口喊我,声音传到我们院子里有相当一段距离。现在的胡同狭窄细长,最初的时候,胡同挺宽,几乎能容两辆小平车并排通行,后来大家盖房子,砌院墙,东西两面的人家都侵占了胡同的空间,他们使劲往外扩张,导致胡同越来越狭窄,最后只能容一辆小平车通过。胡同变狭窄以后,阳光几乎都照射不到胡同里面了,显得幽暗阴森,好像走进隐蔽的战壕

里一样。如果在晚上行走，在没有月光的情况下，就更糟糕了，坑坑洼洼、起伏不平的小路，让人深一脚浅一脚跌跌撞撞不说，还很容易碰上两边的墙壁。胡同路面起伏不平，都是因为雨天的雨水造成的，雨水冲出了一条条细小的水沟。

走出家门，远远地，我就看见张小山了。他领着几个人，在胡同口向我招手。他们几个人摇摇晃晃、东倒西歪，似乎都站不稳了，看样子是喊我喊累了。我心里暗暗发笑，他们倒是愿意辛苦嘴巴，而不舍得让脚受累啊，到我家叫我一声不就得了。

张小山气喘吁吁、断断续续地抱怨说："哎，哎哟，累死我了。"

我笑嘻嘻地说："活该！"

他们喊我，没有别的事，就是约我一起去玩。

回到家，气氛有些异样，父亲、母亲、妹妹，都用诧异的目光瞅着我。尤其是妹妹，她很担心，很紧张，小手指放在嘴边，好像随时都会咬一下。我想妹妹这个小跟屁虫一定是偷偷跟在我后边,把远远看到的一切都告诉了父母。只不过,她不明白究竟发生了什么事。说实话,我打心眼儿里喜欢我这个妹妹,她总担心我受人欺负。

父亲冷冷地问我:"那几个人找你有啥事?"

他怀疑我在外面闯祸了,闯祸的意思是我又替别人背黑锅了。像那次我和张小山几个人玩弹弓,有人不小心打碎了李二婶家的窗户玻璃,几个人一溜烟全跑了,而我傻傻地站在那里,还不知道究竟发生了什么事。结果李二婶逮住了我,几乎是押着我,到我家来告状了。

父亲声色俱厉地训斥了我一通。弄清楚事情的原委后,李二婶有些不好意思,只是说让我不要和那些小浑蛋们玩。李二婶走后,父亲又责骂了我一通,他说:"你是个笨蛋吗?别人跑你不会跑呀?他们干了坏事,你倒成了背黑锅的。倒霉鬼,你就那么笨吗?啊!"我身体弱,有病,不善于运动,真正意义上的

闯祸和我无缘,我想闯,也没那个本钱。

母亲和妹妹的心情是一样的,她也担心我在外面被人欺负。看见我扭过脸,很不服气的样子,知道我的倔强劲儿上来了。她把我拉到一边,怕父亲生气,小声问我:"是谁呀,他们找你干啥?"

我低着头盯着自己的脚尖,回答母亲:"是张小山,他们喊我出去玩!"

我想我一解释,事情就过去了,本来也没发生什么事,谁知道父亲不依不饶,提高嗓门怒吼道:"找你不会到家里来吗,站在胡同口喊什么喊!"我气得浑身哆嗦,又不是我站在胡同口喊的,冲我发什么脾气啊。我的委屈和愤怒让我的眼泪不争气地冒了出来。

妹妹拉了拉我的衣袖说:"哥,爷爷叫你哩,快走吧!"

父亲气哼哼地朝炕上望一眼,很不高兴地走了。他很恼火,觉得爷爷护我有点太过分。他这个当父亲的,连教训儿子的权利都无法行使。

没过几天,张小山故技重演。他们几个人又站在胡同口,扯着嗓子喊我的名字。一波一波,一轮一轮地喊。最可笑的是,张小山像个指挥官一样,喊着口令:"一二三!"这几个人像疯了一样,声嘶力竭地一直喊:"安小林!"看到他们的狼狈相,我差点没笑出声来——不累吗?我不声不响来到他们身后,巧了,我不在家,从外面回来,刚走到胡同口,恰好看见了他们这一群小疯子。

我大喝一声:"喊什么喊!"

张小山他们几个人正喊在兴头上,一门心思盯着胡同里边。我冷不丁在他们身后一声大喝,差点没把他们的魂给吓飞了。几个人的喊声戛然而止,他们慢慢回过头来,哎哟,张小山朝我的胸口那里轻轻地打了一拳,开心地说:"我的妈呀,你吓死我啦!"我开玩笑说:"你这不是活得好好的,有什么大惊小怪的。"

他拉着我,一起到小河桥那里捉萤火虫。我不满地说:"你干吗老站在胡同口喊呀,你到我家叫我一

声不得了,害得我被我爸训斥。"他拽着我,快走几步,回头看了看跟随他的几个小伙伴,确定我们的谈话不会被他们听见之后,他才压低声音伏在我耳边说:"你家的胡同太吓人了,我不敢进去啊!"我有点不相信自己的耳朵,这还是那个孩子王,我的好朋友,天不怕地不怕,勇敢无比的张小山吗?我半信半疑地观察他的表情,确定了他说的是真话,因为他惊恐的表情是伪装不出来的。

我小声说:"你怕个鬼呀,大白天的,有什么好怕的。你到底怕啥呀?"我想不明白,想破脑袋也想不明白。我怕他家的战斗鸡、大猛鹅,好歹还有个具体的实物,明确的目标。他呢,害怕的东西让人不可理解。

张小山嘻嘻哈哈笑着,他的笑不过是为了掩饰他的尴尬罢了。当他说出缘由的时候,我才知道那笑是自然流露,不笑不行,我都笑得肚子疼了。

他说:"你们家的胡同狭窄又阴森,我真怕有么

吓人的东西冒出来!"

我的后脑勺嗖嗖嗖冒冷风,感觉后背发凉。我把手插进衣兜,紧紧地捏着弹弓,假装满不在乎的样子,小声说道:"胆小鬼!"

八

非常可笑的是,张小山喜欢把弹弓挂在脖子上。我猜想他可能想把弹弓当成望远镜吧。不管怎么说,那样看起来确实威风,像电影中一个威风凛凛的军官。不过,他的内心可没有那么强大。

张小山胆小,不敢进我家胡同。每次来找我时,还得叫上几个小伙伴给他壮胆。最初,我觉得很可笑。后来,我再也笑不出来了。我心灵深处隐隐作痛的秘密,似乎被他不经意间揭开了。那是我长久以来隐藏得严严实实的秘密。

我们家的胡同,是有历史的,至少是靠在历史的肩头上。它安静地躺在高大的土城墙下面,本身就给

人一种沧桑、悠远、敬畏的感觉。原来的城墙有多长，我无从知晓。从我记事开始，左邻右舍，还有离我家稍远一点的村民，都在城墙里面挖沙取土，或者盖房子，或者砌墙，或者平整院子，或者给猪圈、牲口棚垫土，所以城墙越来越短了，短到只有四户人家的长度。

日军侵华期间，在我们埠旁边的兽医站外面的井里淹死过村民，是否在城墙下面枪毙过人，没有资料记载，但我和邻居家的小伙伴们在城墙下面用小铲子挖沙玩的时候，曾经挖出来过子弹壳。当时无知的我还觉得好玩，把那些铜锈清理干净，还是一个不错的子弹壳呢。我兴奋地带回家，把它当作铜哨用。我一边吹着，一边在院子里迈着正步，一二一，转圈儿玩，正玩得高兴呢，被爷爷发现了。

爷爷皱着眉头问我："哪儿来的子弹壳？"

我说："我们挖沙子的时候，从城墙下面挖出来的！"

第一篇 弹弓之上

爷爷额头上的青筋暴跳着,他用威严而又命令的语气说:"这有什么好玩的,扔了!"

我可不敢惹他生气,他生气起来就像电闪雷鸣一样可怕。我痛快地答应了:"好!"

嗖的一声,我把子弹壳扔进了猪圈里。

爷爷拉了个长腔:"嗯——"

我不知道爷爷的表情是什么意思——不满、庆幸、还是责备?我搞不懂。他脸上绷紧的皮肤松弛下来,似乎还有一丝笑意。他把头一歪,准备在枣树下面的躺椅上睡觉。想来想去,大约是嫌我丢的地方不对吧。如果是被爸爸发现了,他肯定会骂我是败家子,废铜烂铁也可以送到废品收购站去呀。尽管是一枚子弹壳,但积少成多呀,日子就得精打细算地过呀。这只是我的一种猜测,也好像是我的一种希望。

胡同里有我几个同学,但来往极少。孩子们之间的交往,往往受大人的影响。如果大人彼此不相互来往,孩子们的关系自然就疏远了。其中是有深层原因

的。大家心照不宣，但各怀心事。秘密似乎和成长有着莫大的关系，破解一个又一个秘密，便伴随着岁月一天天地流逝。

有一天，我去挖沙子玩的时候，和胡同里的同学柴进不期而遇。他个子比我小，但比我机灵和聪明多了，而且也是班里的优秀生，尤其是数学成绩格外好，在班里名列前茅。我只挖到一个子弹壳，而他已经挖了七八个。我们相互打了招呼，便埋头苦干，生怕地下埋藏的宝藏被对方挖走。

突然，我挖到一个大家伙——一把军用的刺刀，大概是日本士兵三八大盖上的刺刀。柴进看了一眼，更卖力地挖掘起来，似乎还有更大的惊喜埋在下面。

我高高兴兴地回家了。

刺刀沉甸甸的，似乎比我的小腿还要长。我不确定这把刺刀是日本士兵以前留下的，还是后来有人扔到这里的。刺刀上的锈迹并不多，但因为泥土侵蚀的缘故，铁的颜色都不那么分明了。我用砂布擦，用磨刀石磨，

第一篇 弹弓之上

终于让刀刃变得寒光闪闪,在太阳底下显得格外刺眼。在刺刀的中间,有一个拇指那么大的豁口,只有很薄很薄的一层铁片维系着刺刀的完整。

我翻来覆去地抚摸着它,我只在电影里见过这种东西。电影里三八大盖上的刺刀,好像是假的一样,我不相信它有那么长。我不禁感慨:它比电影里的刺刀更逼真。很快,我发现了一个好玩的游戏。院里的几只鸡,东一只,西一只,都埋头在地上寻觅食物。我想象着院子里有一大片草丛,这几只鸡在草丛里游荡,像鬼鬼祟祟的侵华日军。

"杀!冲啊!杀!冲啊!"我大声吆喝着,挥舞着刺刀冲到院子,好像自己变成了抗日小英雄。

这群鸡遭到突然的惊吓,四散逃跑,还大声咕咕叫着。它们惊慌失措,院子里尘土飞扬,有的鸡的羽毛都掉在地上了。

爷爷光秃秃的脑袋在窗户玻璃上一闪,从屋子里走出来,想看看发生了什么事。他看见我挥舞着什么

东西,在疯狂地追逐鸡,于是,他大喝一声:"疯啦,你在干什么?过来过来!"

爷爷的叫声打断了我的兴致。就那么一小会儿,我觉得嗓子发干,额头上汗珠直淌,我气喘吁吁地站在爷爷的面前。

爷爷说:"把你手里的东西拿过来!"

我乖乖地把刺刀递给爷爷。

爷爷浑身哆嗦了一下,他用温和却不失威严的声音问道:"这东西是哪儿来的?"

我说:"捡的,在城墙那里!"

爷爷把刺刀往地上一放,一只手拿着刺刀柄,然后猛地一脚踩到刺刀的豁口处。

嘎嘣一声——刺刀被折断了。

他用手指着我说:"你给我记住,以后不许玩这种危险的东西!"刹那间,我又看见爷爷的胳膊肘附近那一块碗口大的伤疤。我吓得一吐舌头,心想坏了,刺刀触动了爷爷的伤痛之处。这块巨大的伤疤,就是日军用刺刀刺穿胳膊留下的呀,但我误会了爷爷的意思。爷爷觉得刺刀是兵器,是凶器,玩这个很危险,就算不误伤自己,也可能误伤到别人。

爷爷把折断的刺刀,丢在废铜烂铁的破烂堆里。唉,我心里暗暗叹了口气,原本还打算向张小山吹吹牛呢。

这把刺刀揭开了我的苦恼秘密之一。噩梦常常会把我从夜里惊醒。最典型的两个梦境:一个是一群日军进村了,端着刺刀,气势汹汹,烧杀抢掠。我手拿驳壳枪,一边开枪,一边撤退。但是,日军越来越多,他们蜂拥而至,我扣动扳机,一下、两下、三下,天哪,枪没有任何反应。我低头一看,是一把木头枪。有时候,是一把水枪,一捏,扁了。另一个梦境是,我藏在一大堆玉米秆中间,日军用刺刀向玉米秆刺来,那刺刀好像要冲着我扎过来了。

从梦中惊醒,一头冷汗。我能找到噩梦的源头,它们来自我在露天影院看的战争片。这两个梦境,几

乎是所有战争片中的经典镜头。虽然我能解释噩梦的来由，但我却不能阻止它。本来噩梦光顾的频繁程度正在日渐减少，可是这把刺刀的出现，又给噩梦袭扰我提供了新的机会。我在噩梦中乱喊乱叫，用脚胡乱扑腾的时候，奶奶就把我摇醒了。她一边摇我，一边叫着我的名字。奶奶知道我做噩梦了。

奶奶用毛巾擦掉我额头上的冷汗，我才慢慢回归到现实中来。我侧过脸一看，发现爷爷仰面朝天，鼾声如雷，如巨石一样稳当踏实。我羡慕地想，大概爷爷从来没有做过噩梦吧。

睡着的梦，梦里的怕，毕竟只有那么一小会儿。而醒着的恐惧，却是最折磨人的。它长久而坚硬，就像挂在一个人衣服上的苍耳或鬼针草的种子，让人难以发现，但总在找机会扎人。

有一天早晨，我刚刚进学校门，张小山就迎了上来，好像在刻意等我似的。他一脸的惊慌，更多的是恐惧。

张小山说:"哎,你好淡定啊,一点儿也不害怕?"

我被问得一头雾水,觉得他的话莫名其妙,便疑惑地问他:"发生了啥事啊?"

张小山说:"你的邻居家,刚过门的新媳妇儿昨天晚上去世啦!"

我的心咯噔了一下,回想起早上出门的时候,听见隔壁喧哗声一片,许多人都匆匆忙忙向邻居家走去。我想去看看,却被爷爷推了一下。我踉跄几步,转过头看了看爷爷,爷爷冷着脸说:"去,上学去!"

爷爷从来不让我看丧事的场面。那种悲惨的景象,常常让我泪如泉涌,我总会哭得像个泪人。爷爷笑着对奶奶说:"瞧,哭成泪人了。我要是去世了,你能这样哭,我才高兴哩。孝顺呀!"我抱着爷爷的大腿,哭得更凶了。生怕爷爷会离我而去,我无法想象没有爷爷的生活是什么样子的。

爷爷轻轻地抚摸着我的头说:"别哭啦!别哭啦!爷爷不是还好好的吗。"

张小山看见我有点走神,用手在我眼前晃了晃,他战战兢兢地说:"嘻,别吓唬我呀。我可是怕鬼的人。以后,你们家胡同我更不敢去啦!"

我相信张小山说的是实话,他怕鬼,怕得要死。但他最喜欢给我讲鬼故事,讲得绘声绘色,好像那些故事是他亲身经历的一样。不知道为什么,每当我读民间故事书的时候,那些充满神异鬼怪的人物,从来都不会让我产生恐惧感。令人奇怪!

那个年代的乡村贫困、落后,虽然有一些迷信的思想,但往往依托于传说故事,倒也显得很有趣。有点文化的人,比较开明,他们所持的态度是不可不信,但不可全信。张小山给我描绘的鬼的形象是:穿着一袭白衣,脖子如丝线那么细,眼睛如鸡蛋那么大,走路没有一点声音。这个张小山,在一点一滴地增加我对鬼的恐惧感,大白天,我走在胡同里,就觉得脖子后面发凉,有股冷风在嗖嗖吹着。夜晚更可怕,我总觉得身后有人在跟随着我。

上午放学回家的时候,我看见胡同里每家每户门前,都洒上了长长的草木灰。我好奇地问大人什么意思,父亲像是看天外来客一样,冷冷地盯我几眼,不屑回答。母亲把我拉到一边,悄悄地告诉我,老人们说人去世以后,魂魄还要返回来的,可能是离开人世还不习惯哩,或者是还想回家看看。草木灰是辟邪的,魂魄就进不来啦。

噢,草木灰相当于一道安全符。只要发现我家门前的草木灰被风吹走一点,我赶紧就再洒一些草木灰补上。

张小山,从此再也没有来胡同口找过我。

九

父母带着妹妹和二弟,搬到新房子去住了。从新房子步行到我们的老屋大约需要十分钟。大家各安其所,原先紧张的家庭气氛有所缓和,显得融洽多了。而我,终于可以摆脱父亲的视线了,如同笼子里的小

鸟获得了自由。

很多秘密如同决堤的河流,起初是一个小小的口子,后来变成了滚滚的洪流。我不知所措,被裹挟其中,有点晕头转向。

我始终是孤独的吧。

渴望被别人理解,是一种奢侈。但对家人来说,那是理所应当的。兴许,大人也渴望孩子的理解呢。

母亲有一个小小的谎言,在我心里埋藏了很多年。母亲曾说,我是从河里捞出来的。我傻傻地问:"那我怎么呼吸呢?"母亲又开玩笑说:"你的亲生父亲是一个盲人,你是从他那抱来的。"当我遭到父亲体罚或责骂的时候,我会归因于自己不是亲生的,所以他才对我如此冷酷。

五月的麦田,黄澄澄的,一片金黄。微醺的夏风之中,弥漫着一股成熟的麦香的味道。我把弹弓装在口袋里,漫无目的地走向小河桥。道路两旁的白杨树高大挺拔,几乎插进了天空里。一条清澈的小河,缓

第一篇 弹弓之上

缓从小河桥下面流过。小桥两旁，有一棵粗壮的柳树，树冠巨大，有的枝条低垂在水面上，划出一道道细小的波纹。

我的父亲是倒插门女婿。我母亲的母亲是一个大家闺秀，按理说我应该叫她姥姥，可是我从小都是叫她奶奶。听说姥爷在新中国成立前死于战乱。后来，奶奶带着我母亲，嫁给了我爷爷。怪不得父亲高中以后就不上学了，他已经入赘到我们家了。父亲的家在山里，他很小的时候就失去了母亲，因为这样可怜的身世，我的母亲对他关怀备至。他还没有准备好做父亲的时候，我就降临到这个世界上了。让他手忙脚乱，难以应付。

我尝试着慢慢理解父亲，虽然艰难，但我总在一步一步努力。幸好有书，书为我编织了一张强大的心理防护网，几乎没有什么东西能够穿透这张心理防护网。

通向小河桥的路是一条大路，可以上山。大概四

五千米之外，便是中条山的山脚。山里有我家的老亲戚，也是奶奶的亲戚，因为可怜我们这些小孩子连个亲戚也没有，奶奶便把母亲名义上的娘家落在了大山里。这样，我就有了舅爷爷和舅舅。父亲曾说家里没有人来，指的就是这层关系。这也是爷爷内心隐藏的巨大的痛处。

群山巍峨，莽莽苍苍，山顶上似乎总有阴云笼罩。而另一条路，则是通向县城的乡村公路。我没有去过县城，但我非常向往那里的新华书店。也许，世界上最美的宝藏，都藏在那里。我不是不喜欢我们镇上的新华书店，而是不喜欢那个高个子的男营业员。有一次，我只翻了几页书，他就不耐烦地问我："你到底买不买？不买别看！"他很不客气地把书从我手里夺了过去。从此，他记住了不买书总看书的我。我也记住他了，一个不友好的营业员。

沿着蜿蜒的小河向前走，就能看到一片芦苇地，芦苇密密麻麻，通向远方。

第一篇
弹弓之上

在金浪翻滚的麦田里，有一个稻草人，头上戴着一顶破草帽，在风的吹动下，用布条做成的衣服在风中飘荡。大概鸟儿们已经识破了人类的把戏，它们成群结队地在麦田里啄食落在地上的麦粒。有一只麻雀，竟然落在稻草人的草帽上，炫耀似的左右摇摆着脑袋，叽叽喳喳叫着。

麦田上方的高压线被箍在水泥做的电线杆上，在我的眼里，那就像不和谐的音符一样。因为曾经走路时不小心撞上水泥电线杆，所以我对它没有好感。它冰冷而坚硬，从杆顶穿过的高压线，令我十分恐惧。有一次，我在上学的路上，发现有一些人在八亩园的十字路口守着，围成一个圈，不让人靠近。原来是高压线掉在地上了，高压线砰砰作响，不时冒出耀眼的火花。不知怎的，这场景倒令我想念幼年时期在煤油灯下读书的静谧时光。

我的目光顺着电线杆往上看。天哪，令我大吃一惊的是，在没掉下来的高压线上有几只小燕子。危险

呀！我挥舞着双臂，高声叫着，想把它们驱散。可是，我的举动丝毫不能引起它们的注意。它们仍骄傲地仰望着远方。我从地上捡起一块小石头，向它们扔去。可能因为我的力气太小，扔不高，依然未能引起它们的注意。我一摸口袋，对了，有弹弓，太好啦。

嗖——

我射出一粒石子，石子从它们的眼前飘过。有一只小燕子的目光追随着飞在空中的石子，扭着脑袋观察，好像已经警觉起来。我又射出了第二粒石子，它这才腾空而起，叫了几声，和其他几只小燕子一起飞走了。

那时，我还没有学过物理学的知识，不知道它们在电线上是很安全的，我的担心也是多余的。当时的我很开心，觉得自己做了一件大好事。我把弹弓收好，放进口袋里，心里有一种想放声高歌的愿望。

哗啦啦，又飞来几只麻雀，落在高压线上。高压线轻轻地摇晃着。

第一篇 弹弓之上

哎呀,危险!

我又从口袋里掏出了弹弓,在皮兜里装好石子,瞄准了其中一只麻雀。如果是小燕子,我只是把它们吓唬走,但当时的我是真心想把麻雀打下来。虽然现在麻雀成了国家保护动物,但是在我小时候,它们被认为是对人类不利的害鸟。我和张小山打过无数次麻雀,却从来没有射中过一次。打弹弓真是个技术活,无论我如何瞄准,射出的石子总和目标相去甚远,有时候还背道而驰。

麻雀似乎比小燕子更警觉,一粒石子射出去,它们哗啦一下全飞走了。大概那时候的麻雀总处于遭人驱赶和挨打的境遇中吧,所以它们很小心谨慎。小燕子被人信任,被人友善对待,所以,它们不像麻雀那样时刻处于警觉状态。

我甩了甩手臂,好家伙,拉弹弓的胳膊都有点酸疼了。

当我转身准备离去的时候,突然,一只灰色的大

鸟缓缓地落在高压线上。

这是一只比麻雀和小燕子大得多的鸟,我不认识。我认识的鸟类,仅限于燕子、麻雀、乌鸦、喜鹊、苇鸟。或许我们的小村庄不适合其他的鸟类生存,所以偶尔飞过一只陌生的鸟,几乎没有人认识。

我掏出弹弓,射出一粒石子,石子从大鸟的尾巴后面飞上天空。大鸟扭头看向石子飞走的方向,好像在询问:"咦,这是什么东西?"

大鸟依旧稳稳当当地站在高压线上,注视着远方。看样子它是长途飞翔而来,在这里不过是小憩一会儿,然后继续上路。

当我射出了第二粒石子的时候,大鸟的脖子向前伸了伸,尖喙张了张,估计它把石子当成了美食吧。

真令人泄气。大鸟竟然不理睬我,无视我的存在。这令我很生气,无名的怒火从心底烧起来了。

我用力拉开弹弓,使出了全身的力气,石子带着尖锐的呼啸声向大鸟飞去。

第一篇 弹弓之上

扑棱棱——

大鸟从高压线上斜着掉了下来。掉下来的过程很缓慢,大鸟挣扎着,想把身子提起来,但终究没有力气了。空中飘落了几根羽毛。

大鸟掉在麦田里。

我赶紧跑过去,两只手抓住了这只大鸟。刹那间,我愣了一下,因为我从它身上的花纹认出来了,这是一只灰色的鸽子。

我家的灰小白,也就是我家的猫,曾经逮住过一只鸽子。那只猫是山上的舅爷爷听说我们家鼠患猖獗后送来的。鸽子被灰小白咬死了,爷爷给我们做了一锅香喷喷的鸽子肉。

我用上衣把鸽子包起来,只露个头,发现它的腿在流血,伤口不大,也不致命,但身体的疼痛和疲劳,已经让这只鸽子无法飞翔。

我像一只小兔子,一路蹦蹦跳跳着回家了。

我想,我可以美美地吃上一顿鸽子肉啦!

十

我刚进家门,机警的灰小白就发现了鸽子。它喵喵喵地叫着,围着我转圈圈。

吧嗒一声,我的弹弓从口袋里掉了出来。灰小白吓得倒退几步,警觉而又迟疑地盯着地上的弹弓。几秒钟之后,它似乎明白了弹弓是个没有生命的东西,对自己没有威胁,所以,它纵身越过弹弓,又跑到了我的身边。

这家伙想必还记着上一次的鸽子。估计它没吃到鸽子肉觉得委屈吧,现在想从我怀里把鸽子抢走。

这是我们家的一条特大新闻。大嘴巴的妹妹,急急忙忙跑到新房子去告诉父母了。

我在院子里把鸽子放在地上,灰小白立刻就做好了猛扑它的姿势,气势汹汹,一副不吃掉鸽子就决不罢休的姿态。

我气急了,装作恶狠狠要踢灰小白的样子,它只好走远些卧在地上，无奈地望着鸽子。灰小白老实了一小会儿，慢慢地起身，弓起了腰。我看见它这模样，就知道它打算偷袭。哎呀，好个固执的小东西。

为了保证鸽子的安全，我用绳子把灰小白拴上了。我放开鸽子，鸽子摇摇晃晃站立不稳，它一瘸一拐没走几步，就瘫倒在地上了。

咣当——大门一响，父亲、母亲、妹妹、二弟，他们像一阵风似的，呼啦一下都进了院子。

难得看见父亲笑脸的我，突然发现父亲脸上洋溢着满满的笑意。

父亲笑眯眯地说："嘿，你还长本事了，怎么打下来的？"

我一向笨嘴拙舌，但这次我用三句话就概述了打鸽子的经过。父亲笑着说："哎呀，打了三次，还不飞走，真是一只笨鸽子呀！"

我怔住了，这话倒像是在说我，突然感觉身子在轻轻地颤抖，心里很不舒服。父亲的无心之言，却深

深地刺痛了我。母亲一瞥,便把我细微的变化看在眼里了。她把我拉在身边,用手轻抚着我乱蓬蓬的头发。

咣当——大门又一响。

我们兄妹几个飞快地向大门口跑去,爷爷推着卖麻花的自行车进来了。爷爷从外地赶集回来了。我们开门的开门,推自行车的推自行车,解绳子的解绳子,七手八脚把自行车支好。爷爷的嘴角挂着笑容,他对我们说:"去去去,小心箱子掉下来,把你们伤着。"

父亲两手叉腰,看起来心里溢满了幸福感。可能他此生最伟大的成就,就是生下了三男一女。村里人都说他有福气,儿女这么大了,早早就能帮家里干活。可不是嘛,和他同龄的人,怀里还抱着婴儿呢。虽然他的虚荣心得到了满足,但这也让他尝尽了苦头。

爷爷往屋里走,刚走几步,就发现了院子中心的鸽子。鸽子可怜巴巴地望着爷爷。爷爷弯下了腰,问道:"鸽子是哪儿来的?"

妹妹兴奋地抢着回答:"我哥用弹弓打下来的!"

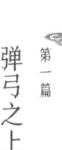

第一篇 弹弓之上

爷爷抱着鸽子，仔仔细细地看了一遍，突然，他发现靠近鸽子爪子的一只腿上戴着一个小小的金属箍——圆圆的。呀，我都没有发现。

爷爷说："小林，把我的老花镜拿过来！"

"哎，好！"妹妹抢着答应道。爷爷明明是叫我去的，瞧瞧我这个妹妹，嘴巴甜、腿脚快、性格好，都像我母亲，唯一不像的是容貌。如果说我母亲的容貌是火车头的话，那么我妹妹的长相就是火车尾——差得有点远。妹妹常常抱怨母亲偏心眼，把属于她的外表遗传给了我。

爷爷戴上老花镜，盯着鸽子腿上的金属箍仔细看。

父亲在笑，母亲在笑，我在笑，妹妹和弟弟都在笑，无声地笑着。奶奶一脸严肃，但似乎努力憋着笑意。

爷爷没有文化，不认识字，似乎是在装模作样地看。我尽管是个书呆子，视力却保持得非常好。那个金属箍上，不就是凸雕着一些数字。我站在旁边用余

光都能看个一清二楚。

突然，我的笑容凝固了。爷爷的神态令我想起一件往事。那时候，我刚上三年级，一天夜里，我趴在炕上读小说，这时爷爷对我说："把你的书包拿过来！"我诧异地问："拿书包干啥？"爷爷说："我看看你的作业本！"咄咄怪事，爷爷又不认识字，我的作业本有什么好看的。我读小说正在兴头上，取出作业本就丢给了爷爷。爷爷戴上老花镜，在煤油灯下，足足看了有十分钟。然后，把我的作业本往炕上一丢，唉声叹气地嫌我写的字不好看，就像蚂蚁爬一样。

我脸红了。这是我致命的缺点。我写字只图快，笔顺笔画都不讲究。由此看来，爷爷虽然斗大的字不识一箩筐，但毕竟还是认得几个字的，也懂得字的美丑。我好像听爷爷说过，他童年时最早学习的几个字是：大狗跳，小狗叫。

妹妹蹲下身子，挨着爷爷，一边看看鸽子的腿，一边看看爷爷的表情。

爷爷说:"这是一只信鸽,可能是属于某个单位的,上边有编号呢。谁也不许动鸽子,我们等它的伤养好后,就放走它!"

爷爷的命令,是至高无上的权威。虽然我们几个小孩子依然惦记着香喷喷的鸽子肉,但听说是信鸽,还可能是单位的鸽子,我们都支持爷爷的决定。爷爷通过对待鸽子这件事,教给了我们如何做人的朴素道理,相较课本上有限的知识,更能提供给我们铸就高尚人格和善良品德的养料与动力。

爷爷让我们拿来高度白酒,给鸽子的伤口消毒,然后用消炎药给它止血,最后包扎。鸽子没有挣扎,温顺地任凭爷爷摆布,它似乎知道爷爷的善意。

鸽子恢复得很快,不久就可以在院子里走动了。

爷爷说:"差不多了,你们去放飞吧。从哪儿打下来的,就从哪儿放飞它吧!"

我们几个听到爷爷的话,开心得不得了。

我抱着鸽子,妹妹和弟弟们众星捧月一般伴随我

左右,我心里美滋滋的。我们走过小河桥,很快就来到了麦田里的高压线下面。

妹妹仰望着高压线说:"好高啊,哥,你真了不起!"

大弟扑哧一声,笑着说:"真会拍马屁!"

我放下鸽子,鸽子先是蹦跳了几下,似乎是在做飞翔前的准备。静止几秒钟之后,它猛地腾空而起,拍打翅膀发出的声音格外响亮。

它绕着我们的头顶舒缓地飞了一圈,似乎是在向我们致谢。然后转身,向北飞去,一点点儿消失在我们的视线之中。

妹妹说:"鸽子不会迷路吧?"

大弟抢白了妹妹一句:"既然是信鸽,怎么会迷路呢?迷路了,信鸽咋送信呢?"

呼啦一声,一大群麻雀落在高压线上。高压线摇晃着,反射出耀眼而又寒冷的光芒。

弟弟说:"哥,把你的弹弓借我用下,我打麻雀!"

第一篇 弹弓之上

我学着爷爷的口气,威严地说道:"不行!玩弹弓容易闯祸!"

虽然弟弟有点不开心,但我还是没有给他弹弓。因为我知道,弟弟是个淘气鬼,如果让他真的玩弹弓上瘾了,那家里就永无宁日了。

我搂着弟弟的肩头,用无声的语言为我的拒绝传达了歉意。趁他不注意的时候,我悄悄地把弹弓丢进了麦田中的一口大井里。

我想,它现在应该已经深深地沉入井底了吧。和弹弓相关的一切秘密,都永远尘封在井底了。

第二篇

灰小白

一

夜晚,全家人刚刚进入梦乡。

吱吱吱——

妹妹突然用惊恐而又颤抖的声音说:"哥,哥,老鼠老鼠!"

我揉揉眼睛,睡眼惺忪,很不耐烦地说:"怎么了!"

妹妹克制着,用低沉的声音在我耳边说:"老鼠,有老鼠!"

"老鼠?"我瞬间清醒了,侧耳细听,但一点儿声

第二篇 灰小白

音也听不见。妹妹听觉敏锐,简直就像小说里的顺风耳,哪怕一根针掉在地上的声音,也会被她的耳朵捕捉到。

妹妹刚想叫醒两个弟弟,被我轻声制止住了。

我用威严的声音说:"一只老鼠,又不是狼,你打算把全家人都叫醒啊!"

我披好衣服,抄起手电筒,悄悄地溜下了炕头。妹妹像一只猫一样,悄无声息地跟了上来。

我们溜进了另一个房间,准确地说是另一间窑洞。原本是三间,一间是我们住的,一间是客厅兼餐厅,另一个房间的炕被拆了,做成了储藏室。家里的米面缸,盛粮食的大陶瓷瓮,一个挨一个,像个大肚子弥勒佛一样,威风凛凛地竖立在那里。

我拿手电筒一处一处照着,在缸和瓮的缝隙间仔细瞧着。

妹妹指着两个大瓮之间的缝隙说:"声音就是从这里传出来的!"

我猫下腰，接着蹲下，最后趴下，脸颊贴着地面，仔细搜索着。突然，我发现贴着墙根的地方，有不少堆积起来的土，哎呀，这是老鼠打洞挖出来的新土。

我气呼呼地喘了一口粗气，不小心把地面上的浮尘吹起来了——呸呸呸，我的眼睛和嘴巴似乎都进了浮尘。倒霉，真倒霉，连个老鼠毛都没见着却吹了自己一脸的土。我愤愤不平，本来想做个捉鼠英雄的，让家里人尤其是爷爷看看，免得他不屑的眼神和嘴巴在我眼前晃动，有时候鼻子还重重地哼一声。那代表着他的一句"名言"：一代不如一代！

我和妹妹蹑手蹑脚爬上炕，各自钻回了自己的被窝。爷爷本来是仰面朝天睡着的，这时，他翻了一个身，改成侧卧了。我听见他的鼻子发出了哼的一声。

哎呀，爷爷也醒了。我们一无所获，似乎都在他的意料之中，这让我很沮丧。在很多时候，我越想证明自己，结果却越是事与愿违。迷迷糊糊中，我进入了梦乡。

第二篇 灰小白

这段时间，家里非常不安宁，都是老鼠折腾的。储藏室里光线昏暗，阴影重重，阳光根本照不进去。看来老鼠是很聪明的动物，选择这个地方"安营扎寨"，的确非常明智。我们家也很奇怪，耳朵灵敏的全是女同志——奶奶、母亲、妹妹。老鼠一有响动，她们的耳朵就会像雷达一样马上就捕捉到了。

所以，一到吃饭的时候，她们就喜欢在饭桌上喋喋不休地谈论老鼠的事情：老鼠是不是在磨牙呀，是不是在偷吃粮食呀，那声音让人瘆得慌呀……津津乐道地做着各种猜测。爷爷厉声训斥道："吃饭的时候不要谈老鼠，吃完饭你们再说！"爷爷是这个家里的绝对权威，他的一声怒吼，饭桌上关于老鼠的话题从此就消失了。

爷爷买了几个老鼠夹子，挂上饵食，放在墙根的几个老鼠洞前。老鼠夹子的制作材料很简单，只需一块木板和一个用铁丝撑起的带有卡子的弹簧。老鼠来吃饵食的时候，就会触动弹簧，听到吧嗒一声，就代

表着老鼠被夹住了。弹簧就像个强韧的弓弦一样,我竟然掰不开。我尝试了几下,面红耳赤地放下了。我知道,如果自不量力地强行掰的话,是很危险的,稍微一松懈,我的手就可能会被老鼠夹子夹住,那就太尴尬了。

爷爷的大手,轻轻一拉,就把老鼠夹子撑开了。唉,那力气和力量不是想有就有的。

有一天中午,我们正在吃饭,储藏室突然传来凄厉的尖叫声。

妹妹惊叫道:"妈呀,夹住老鼠了!"

我们全家人都放下了碗筷,尤其是我们几个孩子,呼啦一下全部跑到了储藏室。一阵紧张、兴奋、恐惧的情绪袭来,大家都瞪大了眼睛。但是,大家好像都束手无策,只能围观着被夹住的老鼠。

老鼠夹子夹住了一只硕大的老鼠。弹簧的卡子,正好卡在老鼠身子的中间,就像一根绳子紧紧地捆在老鼠的身上一样,老鼠的腰身深深地陷了进去。老鼠

第二篇 灰小白

尖叫着,脑袋摇晃着,想挣脱卡子,但无济于事,这卡子太强大了,让老鼠动弹不得!

爷爷拎着一根很粗的铁棍,稳准狠地对着老鼠的脑袋敲了一下,老鼠便一动不动了。

啊!我们几个孩子都吓得倒吸一口冷气,奶奶和母亲都哆嗦了一下。

爷爷拎着老鼠夹子,把老鼠埋到了院子的角落。他若无其事地回来,洗洗手,继续吃饭。

我的心脏剧烈地跳动着,尽管大家都知道,如果爷爷不砸死老鼠的话,一松开夹子,老鼠就会溜掉,但爷爷的暴力,实在让我们心有余悸。爷爷是个刚烈的汉子,年轻的时候遇到过狼,还遭遇过日军。至今在爷爷粗壮的胳膊肘部还留有一道深深的伤疤,那是日本士兵用刺刀刺穿爷爷的胳膊留下的。

接下来的日子,储藏室清静多了。后来,老鼠夹子还夹住过一只老鼠,很可惜,老鼠逃脱了。夹子上只留下了半截老鼠尾巴。

半月之后,老鼠夹子已经形同虚设了。狡猾的老鼠再也不上当了,它们再也不敢触碰老鼠夹子上的饵食了。因为它们知道那是一个死亡陷阱。

以后的日子,便是老鼠们狂欢的日子。我们的苦恼似乎成了它们肆无忌惮的理由,它们好像成心在和我们作对。

二

咣当一声,我推开了家里的大门。

喵喵的声音把我吓了一跳,我的脚似乎不小心踢到了什么东西。因为家里鼠患成灾,我恍惚间以为踢到了一只老鼠。

惊魂未定,我喘了好几口气才稳定了心神,突然看见一个小小的家伙,用哀怨的眼神盯着我,然后匆匆忙忙溜走了。

哎呀,我看清了,是一只猫。一只灰褐色的猫,那么小,小得像一只大老鼠一样。瘦小的身体上有一

第二篇 灰小白

道道黑色的花纹，像肋骨一样。嘴巴和尾巴都是尖的，爪子是白色的，不仔细看，还以为是灰猫脚上沾上了面粉。

小猫直接奔妹妹去了，依偎在妹妹脚边，又扭过头盯着我。

妹妹说："哎呀，哥，你踢到小猫啦！"妹妹弯着腰，摸了摸小猫的脑袋。小猫又跑开了，它又躲在母亲和奶奶的身边了。它一步一步地退缩着，似乎有点怕我。

我不耐烦地说："哪儿来的野猫，怎么跑到家里来了？"

妹妹说："是舅爷爷送来的！"

哦，舅爷爷一家人住在遥远的大山里，离我们小镇还远呢。今天赶大集，他们都下山来了。

我始终不明白我们家的亲戚关系，太复杂了。舅爷爷本来是我奶奶的亲人，现在变成了我母亲的娘家。因为我的母亲是遗腹子，奶奶是带着我母亲嫁给我爷

爷的。我的姥姥对我奶奶说，孩子们太可怜了，没有亲戚，以后把这里当作娘家吧，这样孩子们就有亲戚了。这样一来，我就搞不懂我们家复杂的亲戚关系了。我有两个舅舅，一个比我大，我喊他舅舅很正常，但另一个舅舅，不仅比我小，甚至比我的弟弟还小，论辈分我也得管他叫舅舅。我很不认同，也从来没有叫过他舅舅，都是直呼其名的。这种事情，大人不好强求的，尽管我的爷爷奶奶纠正过我好几次，但我从不改口，他们只好作罢。

不知怎么的，我看见这只小猫，就想起了那个比我弟弟还小的舅舅。

舅爷爷知道我们家鼠患成灾。他们家的猫正好生了一窝小猫，就给我们带来一只。很有趣的是，奶奶、母亲、妹妹都对小猫莫名地喜爱。而我们家的男同志，倒没有特别的表现，似乎有猫和没猫一个样，生活也没有什么变化。

小猫太小了，小得让人发笑。它走路还摇摇晃晃的，好像随时都会跌倒。这样的小猫，怎么可能逮老鼠呢？只要不被老鼠吃掉，我就觉得是老天爷的眷顾了。

猫似乎比老鼠更聪明一些，它能分辨什么人喜欢它，什么人讨厌它。它就像是属于奶奶、母亲、妹妹三个人的宠物一样，整天围着她们打转转。面对我们家的男同志，它总是躲得远远的，警惕地注视一切，生怕我们做出粗鲁和无礼的举动吓到它。

小猫的日常生活，都由她们照料。可能是女性天生更容易有一种怜悯幼小动物的感情吧，家里三代女性对小猫百般呵护，无微不至地照顾着小猫。

睡觉的时候，它不是躺在奶奶的身边，就是躺在母亲和妹妹的身边。喂食，主要靠奶奶和母亲，她们就像喂养婴儿一样上心。她们怕食物难以下咽，常常亲自放在嘴里咀嚼之后，再喂给小猫。我有点不太理解，她们哪儿来这么大的耐心和爱心呢？

不过，我还是很乐意给我家的小猫起个名字的。

我管它叫：灰小白——姓灰，名小白。毕竟它已经是我们的家庭成员啦，我得给它取个名字。

我给它起名字是我心里的秘密，一开始就连家里的人都不知道。因为我只在心里叫它灰小白。

有一天，天气特别好，一切都亮堂堂的，就连我皮肤上平常都看不见的血管，那一天都像小青虫一样在我的胳膊上爬行。

灰小白不知道从哪儿抓住了一只老鼠的幼崽，叼在嘴中，炫耀似的在我们每个人的面前都走一走、停一停、看一看，仰着头显摆自己的功劳，似乎在说："看见了吗？这是我抓的！"

我不得不说，灰小白真通人性。它像个将军，不，像个小勇士，或者英雄。它把自己的战利品亮给我们看，试图向我们证明自己存在的价值。

从此，我改变了之前对它满不在乎的态度，转而变成欣赏，也可以说我几乎都有点敬佩它了。这种细微的变化，它一定察觉到了，从它在我身边迈着自信

第二篇 灰小白

而又坚定的步伐走过时,我就知道它一定是察觉到了。

三

爱是一种奇怪的东西。

在奶奶、母亲、妹妹的精心照料下,灰小白一天一天长大了,长得一天比一天壮实。慢慢地,它长成了一只成年猫。

当它站在我面前的时候,我都有点惊讶。尤其是它冲着我喵喵叫的时候,我心里甚至产生了一丝害怕的情绪。咧开的嘴巴、撑开的胡须、那一道道花纹,让它看起来简直像只小老虎呀。也难怪,它与老虎同是猫科动物,还是亲戚哩。

自从灰小白长大后,家里的老鼠基本绝迹了。全家人可以安安稳稳地睡觉了。它的妈妈生活在广阔的山里,它似乎继承了妈妈的能力,我们的小院甚至小镇都已经无法满足它奔跑和捕猎的需求了。有时候,它会悄无声息地溜出去,几天都不回来。当我们着急

地想要寻找它的时候,它又悄悄地回来了,好像跟我们有心灵感应一样。

夜晚的时候,它会爬到窗台上,警惕地注视着窗外。它蹲着,尾巴轻轻地摇摆着,似乎在对我们说:"睡吧,睡吧!"它像守护神一样,守护着我们的夜晚,守护着我们的梦。

有一天,它给了我们一个大大的惊喜——不知道从哪里逮了一只鸽子。我们仔细一看,它已经把鸽子咬死了。我们的小村庄,没有人养鸽子,这应该是一只野鸽子。

灰小白叼着鸽子,大摇大摆地来到我奶奶跟前,把鸽子往地上一丢,然后抬头望着我奶奶。它似乎在说:"给大家改善一下生活吧!"

那是段艰难的岁月。我们家人口众多,连吃的粮食都紧张,能吃肉的感觉就像天上掉馅饼一样令人兴奋。那是一种梦里才有的奢侈。

奶奶赶紧把鸽子抱在怀里,用手摸了摸灰小白的

灰小白不知道从哪儿抓住了一只老鼠的幼崽,叼在嘴中,炫耀似的在我们每个人的面前都走一走、停一停、看一看,仰着头显摆自己的功劳,似乎在说:"看见了吗?这是我抓的!"

第二篇 灰小白

脑袋。这是无声的表扬,无声的奖励,灰小白懂得。灰小白低下头,向四周看了看,似乎有点不好意思,扭头离开了。

我们吃鸽子肉,喝鸽子汤,眉开眼笑,简直像过年一样。

每个人都轮流抱了抱灰小白,亲昵地抚摸它、亲它。

灰小白不再拘谨,不再警惕,它温顺地享受着我们的爱抚。哎哟,它看起来要多温柔有多温柔。它眯着眼睛,好像想在我们的怀抱里美美地睡上一觉。

在我们家马路的另一边,住着马大婶一家人。她来到我们家,抱怨地说:"哎呀,老鼠真祸害人呀。糟蹋粮食不说,害得我们都不能好好睡觉了。"

当她看见灰小白的时候,眼睛一亮,兴奋地说:"你们家没有老鼠折腾吧?"

母亲说:"没有,全靠我们家灰灰啦!"母亲管我们家的猫叫灰灰。

马大婶说:"能不能借我几天呀?"

母亲舍不得,但又没法拒绝。她故作大方地说:"没事没事,你带走吧!如果猫饿了,你抱回来,我喂养它!"

马大婶笑着说:"哎呀,别心疼啦,我保证喂养得好好的!"

母亲把灰小白抱在怀里,交给了马大婶。灰小白仰着脑袋,伸着脖子,困惑地看了看母亲。它不明白什么意思,母亲又温柔地拍拍它的头,它这才蜷作一团,静静地躺在马大婶的怀抱里。

灰小白被马大婶借走了。全家立刻感觉缺了点什么,尤其是奶奶、母亲、妹妹,她们沉默寡言,心事重重的,就连笑都那么牵强。

夜晚的时候,我迷迷瞪瞪睡着了。也不知睡了多久,我突然感觉脚边的被子上好像有东西,轻轻抬起脚,感觉沉甸甸的。我起身用手摸了一下,哦!原来是灰小白,毛茸茸的皮毛摸起来怪舒服的。第二天早

第二篇 灰小白

晨,我高兴地说:"我梦见灰小白了!"妹妹哈哈大笑,乐不可支。她说:"什么梦呀,明明就是灰灰呀!"

自从我对灰小白产生好感后,我就把灰小白的名字告诉了妹妹,但妹妹像母亲一样,也喜欢把灰小白叫灰灰。我有点纳闷,灰小白不是被马大婶借走了吗?好家伙,原来它晚上又悄悄溜回来了。第二天早晨,又悄悄地去了马大婶家。天哪,我终于相信了童话故事里说的,猫是有灵性的动物。

这几天,灰小白都是起早贪黑,来去自如,没有惊扰我们任何人。

过了几天,马大婶又来了。她进了我家后,东张西望,我母亲感到很纳闷。

母亲说:"哎呀,你家的老鼠消灭干净了吗?"

马大婶说:"干净啦,干净啦,你家的猫,神啦!真是一只好猫啊!"

马大婶这么说的时候,显得心不在焉,声音里有点发虚。而母亲,则充满期待地注视着马大婶。

短暂的沉默之后,马大婶结巴着说:"哎呀,我……我不知道猫跑哪里去了!"

母亲杏眼圆睁,惊愕得下巴都快掉了。瞬间,母亲的眼睛又眯成了一条缝,充满笑意。

母亲说:"瞧,在你身后呢!"

"啊,天哪,吓坏我啦!"马大婶伸出两只手,拍了一下腿。

灰小白像个凯旋的勇士一样,原地转了一个圈,似乎在告诉我们,它圆满地完成了灭鼠的任务。

四

谁也没有想到灰小白会突然出事。厄运和灾难似乎总是在猝不及防的时刻降临。

有一天,灰小白跟跟跄跄地回到家,停在母亲的脚边,望了一眼母亲,悲戚的一声惨叫后,就倒在地上了,口吐白沫,身子抽搐了几下,断气了。

母亲凄厉地、用着哭腔大声喊道:"快来呀,看

看猫怎么了!"

全家人都慌作一团,不知道发生了什么事,都跑到院子来了。

奶奶、母亲、妹妹,全都号啕大哭。

爷爷黑着脸,很不高兴,大声训斥说:"号什么号,太不像话了!"

她们三个人的哭声惊动了左邻右舍,大家都拥了进来。男人们进来看,知道是我们家的猫死了后,停留一小会儿就走了。只有女人们留下来,安慰我奶奶、母亲和妹妹。

"哎呀,别哭啦,一只猫,犯不上。咱再养一只!"

"好可怜的猫!"

大家都可以确定的是,我们家的猫是吃了死老鼠了,而那只老鼠应该是被毒死的。说到底,其实我们家的猫是被老鼠药害死了。

奶奶和母亲,开始大声骂那个下老鼠药的人。

爷爷很生气,他大声斥责道:"太不像话了,人

家给老鼠下药怎么了,是咱家的猫不小心,怪人家做什么!"

爷爷拎着灰小白,拿着铁锹就出门了。他要去地里把灰小白埋掉。

我母亲很伤心,都快哭晕过去了。

奶奶和妹妹远远地跟着爷爷。奶奶裹了小脚,一小步一小步地挪着走。妹妹一边搀扶奶奶,一边抹眼泪。

爷爷给灰小白挖了一个小小的坑,把它埋了,还堆起一个小土堆,像个小坟墓一样。奶奶和妹妹瘫坐在地上,伤心地看着小土堆,眼神空洞无力。

爷爷铁青着脸,一言不发,扛着铁锹回家了。

我恰好不在家,我回来后,他们跟我说了事情发生的的过程。我发现奶奶、母亲、妹妹的眼睛都哭肿了。

我躲在院子的外面,找一个角落,悄悄地落下了眼泪。

灰小白

第二篇

夜已经很深很深,月光悄无声息地洒进窗户。那圆圆的月亮,好像一颗硕大的泪珠。

我相信,没有一个人能睡着。

我听见爷爷在咳嗽、在呻吟,似乎隐忍着巨大的痛苦。我知道,爷爷只有特别难受的时候才这样。

我用两只手轻轻地抚摸着被子,恍惚之中感觉自己又摸到了灰小白毛茸茸的皮毛,轻轻地抚摸,一次,又一次。

第三篇

蝉鸣声声

弹弓之上

一

知了——知了——

嘹亮的蝉鸣声在罗小庆的耳朵里回荡,他苦恼万分地摇摇头,忽然听见爸爸在另一个房间喊他。

他抱着脑袋,向爸爸的房间走去。妹妹小毛在后面大喊"抱头鼠窜",小毛刚刚学会这个成语,她很快就学以致用了。

爸爸和妈妈一起等他进来,他俩在房间里已经嘀嘀咕咕了好长时间。

爸爸说:"我和你妈妈要去深圳。"

爸爸意味深长地盯着他,呷了一口杯子里的水,长长地叹了口气说:"你也知道现在的情况。"

"哦,这么快。"罗小庆略微有点惊讶。

爸爸和妈妈的工厂犹如一棵被虫子蛀空了的大树,轰然倒下了。那些日子,爸爸和妈妈天天往人才交流中心跑。那个地方在公园和广场的交界处,罗小庆放学路过那儿看到过爸爸和妈妈的身影,他们在拥挤不堪的人群中,就像树上的两片很普通的叶子。罗小庆喊了几声,嘈杂的声音和熙攘的人群淹没了他的叫喊声。爸爸和妈妈没有听见,他们很快消失在人群中。

爸爸和妈妈要去深圳大伯那儿找工作,他们天天合计着动身的日期。他们告诉罗小庆要去深圳的计划后,罗小庆满心欢喜,他希望爸爸妈妈能带上他和妹妹小毛。爸爸为难地说要再商量商量,他们商量的结果是让他留在家里照顾小毛。爸爸给他讲了很多理由,他一句也没听进去,甚至有点不耐烦了。

他坐在床上,一个劲儿地掏耳朵。耳朵里回荡的蝉鸣声像一把尖利的锥子,好像在肆无忌惮地扎着他的耳膜。

妈妈说那是上火了,多喝点白开水就会好的。空气像拧干水分的枯草一样,燥热难耐。这是一个倒霉的夏天。

"哥,快来呀!"小毛在另一个房间娇气而又固执地喊他。他皱皱眉头,心想这个鬼丫头又在玩什么新花样。

罗小庆大口大口地喝水,胃里盛满索然无味的白开水。一走路,肚子就发出咕嘟咕嘟的怪响。水喝多了,就变成了一种药味儿,苦苦的。他望着杯子发呆。

妈妈是他的继母,小毛是继母带来的。罗小庆对继母的感情总是别别扭扭的,他曾有过一个贤惠、美丽的母亲。

"来啦来啦。"罗小庆回答妹妹。

"别告诉你妹妹真相,你就说爸爸和妈妈走亲戚去了,过一段时间就回来。"爸爸说。

爸爸和妈妈交换了一下眼神,妈妈那复杂、忧郁的目光,只有爸爸才能读懂。

爸爸把小庆搂在怀里,慈爱地抚摸着他的头说:"哈,长这么高了,已经长成一个小小男子汉啦。哎,你要照顾好妹妹哦。"

罗小庆扭动了一下身子,他的耳朵里又响起了那该死的蝉鸣声。他不乐意,一百个不乐意,爸爸怎么也向着那个黄毛丫头呢。

罗小庆的眼圈儿红了,一肚子的委屈像开水一样翻腾不已——长得大怎么啦,长大就该被妹妹当马骑,就该帮她脱鞋子脱袜子,就该陪她上厕所……就该为她做错的事背黑锅吗?

"哥,我的小泥人饿啦,快给他弄点吃的,快点。"妹妹尖声尖气地喊。

噢——罗小庆像小野兽一样号叫了一声。

妈妈叹了口气说:"小毛太淘气了,她不听话。

你别和她客气,你越宠她,她就越刁蛮了。"

罗小庆心里想,妈妈这么说或许是做样子给自己看呢——我要真是对小毛不客气,妈妈决不会和我善罢甘休的。

"叮叮叮,当当当,嚓嚓嚓,哗哗哗……"罗小庆嘴里模仿着洗菜、切菜的声音,手上模仿着做饭的动作,给小泥人弄吃的。小毛开心地笑着,也在一旁跟着瞎忙活。

爸爸和妈妈笑眯眯地站在门口看了很久。罗小庆不满地看了他们一眼,他觉得这是在监视他。

知了——罗小庆的耳朵响起了蝉鸣声。它总是出其不意地响起,不给罗小庆一点准备的时间。咕咚咕咚——罗小庆又往肚子里灌了一杯水。"哎呀呀,你在干吗?"罗小庆问妹妹小毛。

小毛的小脑袋贴在他的肚皮上,嘴角挂着得意的微笑。

嘘——小毛竖起一根手指头。

"啊,我在听水怪唱歌哩。"小毛的小手抱着他的双腿,摇啊晃啊,罗小庆有点站不稳了。黄毛丫头的力气还不小呢。

"松手松手,水怪要出来啦!"罗小庆吓唬小毛。小毛赶紧松手,噔噔噔地跑出老远,惊恐地瞅着罗小庆的肚子。

罗小庆心里有点得意:哼,收拾你还不是张飞吃豆芽——小菜一碟嘛。

二

罗小庆醒了,他是被窗外打牛奶的吆喝声惊醒的。

屋子里静悄悄的,静得让他有点惴惴不安。

他们走了,他们几乎带走了这个家中熟悉的一切。他们像一棵大树,罗小庆和妹妹是大树下面的两根小草。能遮阴的树冠,能依靠的树干,还有它庇护下的安全感、平静感……统统消失了。

小毛躺在床上,跷着二郎腿,手里捧着一本《七

彩葫芦娃兄弟》的画册,口中念念有词。

打牛奶喽——悠扬的吆喝声赶跑了罗小庆的困意。哦,该给小家伙打奶了。他一骨碌从床上爬起来,走到厨房寻找盛奶的小铝锅。

"哥,哥,你干啥去呀?"小毛跟着跑了进来。

"哥,你给我去打奶,是不是?你上楼小心一点,别摔了,别把奶洒出来呀。"小毛像个小大人似的,喋喋不休地提醒罗小庆。她有过一次摔跤的经历,有过一次洒奶的经历,两次都是在上楼梯时发生的。

"记住啦。"罗小庆不高兴地说。其实,如果不是担心小家伙会无休无止地唠叨下去,他才懒得理她呢。

他端着小铝锅,心里挺自豪的,这是爸妈走后他为小毛做的第一件事。他想起妈妈忧心忡忡的眼神,感到非常可笑,心想难道自己还照顾不了这个小人儿吗?

小毛两手叉腰,像个小明星似的,无限陶醉地说:"我最爱喝奶了。"

第三篇 蝉鸣声声

小妮子，嘴巴像口香糖一样，甜得使人发腻，怪不得妈妈把她当心肝宝贝呢。

楼下卖奶的人一拨一拨的，他们都是附近的农民，推着自行车，车上挂着铁皮做成的盛奶的大桶，在阳光下格外耀眼。

罗小庆突然想起一件事，妈妈平日里给爸爸唠叨过，说有一个人卖的牛奶质量好，而且每一次打完后还能多添一点儿。罗小庆踌躇着，茫然地瞅着来来往往卖牛奶的人。

哪一个是妈妈说的那个人呢？

"小朋友，打牛奶吗？"一个中年妇女笑眯眯地问他。

"是的。"罗小庆急忙递去盛奶的小铝锅。

浓浓的、白色的鲜奶缓缓地注满了小铝锅。他一直打量着那位中年妇女，她的眉梢、面孔、嘴角都透露出一种仁慈的光芒。他相信这位妇女就是妈妈说的那个人。

打够了一斤奶,中年妇女把铝锅递了过来。他愣了一下,和卖牛奶的人对视了几秒钟。

唉,不是妈妈说的打奶人,她没有多添一点儿的意思。罗小庆沮丧地付了钱,心里酸涩得难受。

小小的挫折影响了他的情绪,他闷闷不乐地走进厨房,没有理会妹妹小毛的询问。她不停地问这问那,乐此不疲。他始终想着那个妇女等他付钱的情景。

支好奶锅,点上火。他又开始惶惶不安。奶热到什么程度才算好呢?他急得在厨房里团团转,恨不得摔碎几只盘子出出气。知了——悠扬的蝉鸣声似乎被捂了很久,一下子爆发出来一样,尖锐地刺激着他的神经。

"出去!你站在这儿干什么!"罗小庆冲着妹妹怒吼,她喜笑颜开的模样简直是在幸灾乐祸。

小毛做了个鬼脸儿,她离开了厨房,但又回过身来奶声奶气地说了一句:"哥,牛奶冒泡泡就热好啦,别溢出来哦。"

对呀，会冒泡泡，自己真笨。煮奶和烧开水的道理是一样的嘛，罗小庆拍拍自己的额头，心里有一种说不出的轻松感。

小毛四岁了，妈妈要给小家伙断奶，爸爸说再等一等吧。小毛对牛奶有种特别的依恋情感，每断一次，她便哭闹一次，就像别人抢走了她心爱的玩具似的。罗小庆想，妈妈并不是真心想断小毛的奶，她是故意让自己看哩，那是假惺惺的姿态。

小毛一边喝奶，一边问："妈妈呢？"罗小庆说："上班去啦。"小毛说："怎么还不回来呀？"罗小庆说："快啦。"

罗小庆躺在长沙发上，浑身软绵绵，没有一点力气。他抱住脑袋，恨不得钻进沙发里面。经历了一场小小的考验之后，他的信心和劲头似乎有点不足，但这仅仅是个开头呢。

"起来，去把奶瓶刷干净！"一下又一下，小毛就那么推着他，固执地，像挡不住的雨点一样。

三

罗小庆坐在一条小小的船上,小船在水面上摇啊荡啊,摇得他心花怒放。

湖水绿绿的、清清的。阳光点点,犹如耀眼的焊花。湛蓝的天空飘过朵朵白云。罗小庆划动着双桨,陶醉在垂柳的绿荫之中。他的小船沿着湖岸缓缓地滑动着。

突然,一阵狂风袭来,他的小船被狂风吹向湖的中心,团团转着,用力划桨也无济于事。

他想喊,可是嗓子眼儿里像塞了一团棉花。他吃力地扭动着身体。

嘻嘻嘻——妹妹小毛肉乎乎的小手拨弄着他的眼皮。他移开放在胸口上的双手,呼吸顺畅多了。哦,原来是一场梦,一场可怕的梦啊。

"哥,你看我像不像蚕宝宝?"小毛的两只小胳膊搁在他的肚子上。

"干吗打扰我睡觉,真讨厌。"他恼怒地说。

"哥哥,讨厌,讨厌,哥哥真讨厌。"小毛毫不示弱地反击,像小扇贝一样的小嘴唇急促地一张一合。

"人家饿了嘛,你还不给人家做饭。"小毛委屈地说。

罗小庆背对着小毛,他还在回味那场可怕的梦。听妹妹这么说,他才发现外面的太阳已经升得老高了。罗小庆慢腾腾地翻动一下身子,正好能看见墙上的挂钟——已经十一点多了,真该死。

"嗨,蚕宝宝,你怎么哭啦?"他故意逗小毛开心。小毛像一个毛绒玩偶似的,坐在那儿,满脸的不高兴,两只眼睛水汪汪的,感觉随时都会掉下几颗泪珠。

他想逗逗小毛,也是,他这一觉睡得太长了。

"蚕宝宝不哭,不哭不哭,就是不哭。"小毛的脖子伸得老长,好像在和罗小庆吵架似的。嚯,小家伙脾气还不小,罗小庆心想。

罗小庆想起厨房里现成的食物几乎被吃光了,那

是妈妈特意给他们提前做好的。今天,他得自个儿动手做饭了。土豆、茄子、黄瓜、青菜,都放在一个盛菜的筐子里,上面扎着塑料袋。他打算熬点稀饭,然后再炒点菜。

他开始切土豆和茄子。这些圆滚滚、滑溜溜的东西在他手里滚来滚去,一点儿也不老实。他似乎挠到了它们的痒痒肉,它们一个劲儿地躲他。罗小庆气得呼哧呼哧直喘粗气,它们在妈妈的手里表现得多么温顺呀,这不是欺负小孩嘛。"噢,你们认为我是个孩子呀,哼,咱们来较量较量。"罗小庆轻轻说。

罗小庆气呼呼地把土豆举在空中,犹如摔活鱼一样,然后猛地摁在案板上——咣当,沉闷的响声使得小庆感到快慰。"真好玩儿,真好玩儿。"妹妹拍着小手说。她以为哥哥在给她表演杂技呢。罗小庆真想把小家伙关到厨房外面。他的腋窝、额头、脖子、后背……全都汗淋淋的。

"哥,稀饭溢出来啦!"妹妹小毛尖叫着。

蝉鸣声声

白色的泡沫不断向外溢着,不锈钢的锅盖发出叮叮当当的响声。罗小庆丢下手中的活儿,赶紧掀开了锅盖。他现在的脑子比锅里的稀饭还翻滚得厉害。

"去去去,一边玩去。"罗小庆怕烫到妹妹,大声呵斥说。

小毛的皮凉鞋在地板上跺了几下,神气活现地走了。漂亮的花裙子一抖一抖的,像是在讥讽罗小庆——才懒得理你呢。

谢天谢地,罗小庆的嘴角松弛下来。

他在心里嘲笑自己:这么一点儿小事都把自己搞得手忙脚乱的,要是妈妈在场的话,她不笑掉大牙才怪呢。

妈妈在厨房忙活,从来不需要别人搭手。她说这样会越帮越忙。妈妈是厨房里的王后,她那样漫不经心地干着活儿,似乎不费吹灰之力,但每道工序都显得有条不紊。锅碗瓢盆的撞击声,在妈妈的手中能变成优美的音乐旋律。

妹妹小毛被他赶走了，他心里有点既庆幸又懊悔。其实他是很需要一个帮手的，哪怕仅仅替他看着稀饭也好呀。

他挥舞着铲子，铲子与锅的撞击声怪怪的，听起来很不舒服。呜呜呜——妹妹的哭声在罗小庆的背后响起，他赶忙扔掉铲子。啊，小东西不知何时又溜回了厨房。

"乖乖，你怎么啦？快点告诉哥哥！"小毛痛苦万分的哭声使他心里有点发毛。他强压着由于焦急而直往外窜的火气，柔声细语地询问妹妹："快点告诉我，你怎么啦？"

小毛哭红了眼，摊着两只肉乎乎的小手。奇怪，难道是手受了伤？罗小庆看看妹妹的两只小手，咦，没有一点儿伤痕。

原来，小毛偷偷帮哥哥剥葱剥蒜，她不小心把沾在手上的葱蒜汁儿揉进了眼睛里。

"别哭，别哭，来，洗洗眼睛。"他帮妹妹清洗着，心脏怦怦跳得厉害。刚才那一幕差点没把他的魂儿吓飞了。

小毛说:"怎么有一股怪味儿呀?"她一扭头,看见菜锅里烟雾飞腾。"哥,菜糊啦。"哎呀,罗小庆差点昏了过去,他狠狠地骂了自己一句。

四

罗小庆看见窗外的梧桐树上有一只蝉。它透明的翅翼和黑得发亮的身体在阳光下格外醒目。

"蝉。"他忍不住叫出声。

"在哪儿,在哪儿?"小毛的耳朵真尖。

"喏,看见了没有?"罗小庆用手指了指。

"我看不见呀。"小毛踮起脚尖,不高兴地嘟囔着。

"来来来,我抱起你看。"罗小庆抱起小毛,把她举得高高的,像抱住一条大鱼似的。小毛在他的怀里上下扭动着身子,快活地大喊大叫。

好沉呀,罗小庆心里暗暗叫苦。小家伙的劲儿真

大,他被摇得后退了好几步。小毛的身子落了地,他发闷的胸口和涨得通红的脸蛋才舒缓了一些。

真是倒霉透了。他想给同学王强打电话,诉说一番心里的苦衷。但在拿起电话的那一刻,他的耳朵边又响起尖锐的蝉鸣声。

唉,他心烦意乱地挂了电话。

"哥,你是不是要给妈妈打电话呀?"妹妹小毛仰起脸,童声童气地问他。罗小庆心里有点发慌:"没有没有,我想擦一擦电话。"

"先别动,我去拿抹布啊。"小毛噔噔噔跑开了。

谢天谢地,罗小庆心里有种说不出的轻松感。刚才那一刻,他真怕妹妹小毛纠缠不休。"爸爸"和"妈妈"现在是两个非常敏感的词语,他要尽量避免说出来。因为小毛已经哭闹了好几次,她要爸爸,要妈妈,哭得一把鼻涕一把泪,好像真是一个被父母遗弃了的孩子。小毛哭得他心里发毛,用尽了办法都无济于事。他哄啊劝呀,最后徒劳无功。

他突然吼了一声："大声哭，使劲哭，你给我哭呀！"他坐在沙发上看着小毛。小毛大声号哭了一阵，发现哥哥始终无动于衷。她啜泣着流泪，小手来回揉着眼睛，还不时偷偷瞥一眼罗小庆。

"哥，你哭啦？"小毛湿乎乎的小手搭在他的胳膊上，轻轻摇晃着。罗小庆骤然一惊，回答说："没有。"他眨巴眨巴眼睛，两颗豆大的泪珠落在了地上。

照顾妹妹是一件非常麻烦的事，他常常得压制自己的怒气，因为生气发火甚至动手，都不是解决问题的办法。小家伙软硬不吃，但相比而言，软办法比硬办法的效果稍好一些。他不断总结经验，前提是最大限度地克制和忍耐，他发现小家伙不高兴的时候，转移她的注意力颇为有效。她的好奇心很重，在他看来平淡无奇的任何一件事，都可能会引起妹妹浓厚的兴趣。比如，他要是突然说看见一条虫子、一只老鼠或一只蝉，小家伙会立马兴致勃勃被吸引过去。

昨天中午，他遇到了一件很棘手的事——小毛死

活不吃饭。他和颜悦色地哄小毛,吃饭可以长得高高的,能长得漂漂亮亮的,饭菜可香啦,等等。他认为他用尽了他能想到的一切办法,但小毛就是不吃。她坐在椅子上晃动着两条腿,像是故意整他似的。

"小毛,吃完饭哥哥给你买口香糖。"小毛特别爱吃口香糖,他觉得这一招准能激起她的食欲,可没想到的是小家伙把头摇得像拨浪鼓一样。她一边摇头,一边拉长音说:"我——不——吃。"

"你不吃饭坐在这儿干什么?"罗小庆有点克制不住自己的情绪了。

"我看着你吃呀。吃呗,你吃呀!"她理由还蛮多呢。

"真讨厌!"罗小庆皱着眉头说。

"你讨厌,你讨厌,哥哥真讨厌。"小毛开始使小性子。她嘟着小嘴,寸步不让。

罗小庆被小毛逗乐了,哈哈——他笑了一声。

"笑,笑,你还笑!"小毛朝他翻了个白眼。

"我饿啦,我要吃饭喽!"罗小庆故意说。

"因为我不饿,所以我不吃。"小毛说。

他对小毛说的话有点吃惊,小家伙对语言的运用能力挺强的。

罗小庆问:"你不饿,你吃东西了吗?"

小毛说:"吃啦。"

罗小庆不放心地问:"你吃什么东西了?讲给我听听。"

小毛说:"一块巧克力,三块雪饼,一包虾条,还有一根火腿肠,可多啦。"

"哇,好厉害呀。"罗小庆说。小毛很开心。

嘻,罗小庆哭笑不得,他还在为劝妹妹吃饭的事发愁呢,谁知道她已经抢先一步,早早喂饱了自己的肚子。他拍拍自己的额头,嘴里念叨着:"山重水复疑无路,柳暗花明又一村。"

"哥,哥,你再说一遍,好听极啦。"小毛来了兴致,她才不管罗小庆的肚子叫不叫呢。

五

罗小庆真的好想有一个妹妹。那是很久以前的事了,那时候小毛和她妈妈还没来到他家。

有一次,罗小庆的爸爸和妈妈正在说话,他跑过去对妈妈说:"妈妈,你给我再生一个小妹妹吧。"

妈妈惊奇地问他:"要妹妹干什么呀?"

"陪我玩儿。"罗小庆天真地说。

爸爸和妈妈笑了,妈妈叹了口气说:"好,妈妈明天就给你生一个妹妹。"

第二天,妈妈特意给他买了一个好大的布娃娃。布娃娃是个漂亮的女孩子。

妈妈说:"给,你的小妹妹。"

"噢,我有妹妹啦。"罗小庆大声欢呼着。

想起有趣的往事,罗小庆的眼里噙满了泪水。他多么怀念他故去的妈妈啊。她是那么仁慈,那么善良,那么美丽。

第三篇 蝉鸣声声

眼下，他的后妈对他也不错，可他总觉得有点假惺惺的。罗小庆想：她对自己好，或许是存了一份私心的，如果不是担心自己欺负她的宝贝女儿，她能对自己那么好吗？

小毛太刁蛮了，根本不是他想象中听话、安分的妹妹。小丫头一点儿也不把他放在眼里。

罗小庆取出了以前拍摄的影集，他很快找到了妈妈熟悉的身影。啊，妈妈，她那么笑着，灿烂地笑着，像阳光一样温暖着他的记忆。

他想哭，痛痛快快地哭一场。

咦，妹妹呢？屋子里静悄悄的。罗小庆放下影集，开始寻找妹妹。他怕小家伙闯下什么祸事来，那麻烦可就大了。

"小毛，小毛。"他叫着，可没有一点儿回应。

小毛躲在爸爸的房间里，窸窸窣窣不知道在鼓捣什么。

"喂，你干什么呢？"罗小庆板着脸说。"我不告

诉你。"小毛笑嘻嘻地说。

"快出来,哥让你看一样好东西!"罗小庆见妹妹不吃他那一套,抛出了他的诱惑招术。

果然,小毛打开门走了出来。

"什么好东西,什么好东西呀?"她跟在罗小庆屁股后面不停地发问。

"啊,照片,这么多照片呀。"小毛说。她的小手在影集上面指指点点,不停地问这问那。

"哥,这个阿姨是谁呀?"小毛问。

"不是阿姨,是妈妈。"罗小庆纠正妹妹。

这本影集被罗小庆保存得很好,小毛一直没有看过,所以她不认识罗小庆的妈妈。

"是阿姨,不是妈妈。"小毛固执地说。

"是妈妈。"

"是阿姨。"

小毛和罗小庆开始打嘴仗。

罗小庆气恼地敲着桌子,脑子里嗡嗡作响。他不知道该如何给妹妹解释。她才四岁,哪能了解人世间的生老病死、悲欢离合呢。他想,算了吧,长大以后她会明白的,何必跟她斤斤计较呢。想到这儿,他克制着心头的不快说:"假装她是我们的妈妈,好吗?以后我们就叫她妈妈,行吗?"

"好啊,好啊。"小毛欣然同意。

小毛又问了一句:"哥,我们只有一个妈妈,对不对?"

罗小庆说:"对,咱们只有一个妈妈。"

"真妈妈,假妈妈。"小毛念念有词。

罗小庆沉默了,他不想再和妹妹斗嘴。他站在窗前,看见了外面的阳光和阳光下面的梧桐树。梧桐树的树枝上面有蝉,三五个清晰地映入罗小庆的眼帘。它们都没叫,真奇怪,它们也有心事吗?

"哥,快看,爸爸、哥哥和阿姨的照片。"妹妹在喊他。

"哦。"他漫不经心地答应一声。

"快来呀。"小毛执着地呼唤他。

哎,美好的时光一去不返了,那一切犹如美妙的梦一样。他的母亲喊他庆儿,后妈喊他小庆,不一样不一样,她们之间毕竟是有区别的。

"打你打你,呸呸呸。"小毛突然发起了脾气。她撕扯着布娃娃,就是罗小庆妈妈给他买的布娃娃。罗小庆像是被人狠狠地掐了一把,好痛。

"你在干什么!"罗小庆抢过布娃娃,声嘶力竭地狂喊。小毛冷不丁被吓得一哆嗦,她愣了数秒,放开嗓子开始哭。

"你坏,你坏。"小毛拼命用脚踢他。

罗小庆扭过脸,望着窗外,紧紧地咬着嘴唇。那些泪水,怎么也阻挡不住呀……

六

下午六点多,小毛在电视机前看动画片,不时咧着嘴笑。

她能看懂哪些有趣的情节呢?罗小庆惊叹地想。这种时候,小毛又安静得出奇。

罗小庆想转移小毛的注意力,他怕看动画片时间太久,会影响妹妹的视力,但他做的种种努力都是徒劳无功。

"小毛,小毛,给你一个苹果。""小毛,小毛,咱们玩个别的游戏吧。""哎哎哎,喝点菊花晶饮料吧。"罗小庆使出浑身解数,但小毛纹丝不动,她根本顾不得理睬罗小庆。很久之后,小毛才对着电视机说了一句:"等一会儿见。"

罗小庆暗暗发笑,小毛听见了他刚才说的话。

难得的一刻,他环顾着空落落的房间,一时不知道该干点什么好。他把小毛的玩具、书本和其他东西收拾了一遍,脑袋好像有点发蒙。

小毛占据了他的整个身心——他所有的烦恼、忙碌、痛苦、悲欢都与这个小人儿有关。小毛真的不打扰他了,他心里反而滋生出一种失落感。

突然,电话铃急促地响了——"庆儿,我是爸爸。"

"爸——"罗小庆喊了一声,泪水便夺眶而出。他有许多话要向爸爸倾诉,可是嗓子里却像堵了一块石头似的。

"庆儿,难为你啦。"

"我和妹妹挺好的,爸爸和妈妈放心吧。"

"好好好,爸爸很快就回去啦。"

罗小庆和爸爸没有太多的语言交流,他们在短暂的沉默中感受着对方。

他听见话筒的那边有隐隐约约的抽泣声。应该是妈妈在抽泣。

"我的孩子……"妈妈颤抖着说了这么一句。

"妈,我们挺好。妹妹正在看动画片。昨天我带她去吃冰激凌了。我给她讲故事。妹妹可乖啦。"

"孩子,谢谢你。"

爸爸和妈妈都问了一些问题,嘱咐了一些事情,都是一些老生常谈的话题。

很奇怪,罗小庆不似往日那般觉得不耐烦。他渴望父母在平静的唠叨中给他倾注的那份关爱和充实。他挂了电话,看见窗外的梧桐树随风摇曳,满树的叶子不断地喧嚣着。

"哥,刚才谁来电话啦?"鬼灵精怪的小毛追进来问。这会儿,她的动画片已经结束了。

"啊,是李大刚打来的。"罗小庆向妹妹撒谎道。

"是那个给我口香糖的大哥吗?"

"是的。"罗小庆心虚地说。

小人儿倒背着双手,神气活现地说:"我喜欢他。"

远远地,有一些饭菜的香味从敞开的窗户里飘进来。罗小庆问小毛他做的饭菜好吃不好吃。小毛回答说好吃。

"哥哥在家呢,我就说你的菜香;妈妈在家呢,我就说她的菜香,行不行?"她用商量的口吻征询罗小庆的意见。

"哈哈哈,两面三刀,两面派。"罗小庆乐不可支

地说。

吃过晚饭,他领着妹妹在小河边的小林子里摸知了。他们的家在远郊,周围是一块没有来得及开发的土地,一切都保持着原有的自然风貌。儿时,罗小庆在乡下摸过知了,所以他对摸知了的技术了如指掌。

这里的孩子很多,他们都是来摸知了的。小毛寸步不离地跟着罗小庆。梧桐树、泡桐树、白杨树……它们在夕阳的掩映下渐渐模糊了。此时,那些沉睡在泥土里的蝉蛹苏醒了,它们迫不及待地从洞里爬出来,慢慢向树干上爬去。他教会小毛找蝉蛹的方法后,小毛就时不时尖叫着:"哥,这儿又有一个。"

小毛只是呼唤哥哥过来,她从不敢用手触摸光滑的蝉蛹。它们浑身沾满了风干的泥巴,慢慢地在树干上爬行。小毛的胆怯使罗小庆放下心来,天渐渐暗下来了,一些虫子开始出来活动了,或者寻找食物,万一妹妹不小心被虫子咬一口,他这个当哥哥的罪过可就大了。"别动别动,小心它们咬住你的手。"罗小

庆提醒着妹妹,飞快地跑过来捉住蝉蛹。

知了在没有蜕变之前,金黄色的外壳将它们的身体包得严严实实的。它们的四条腿上有许多尖利的小刺,这些小刺能够稳稳当当地挂住树干。"小毛,夜猫子快出来了,咱们赶快回家。"小毛听话地点点头。黑沉沉的夜色似乎吓跑了她淘气的个性,她紧紧抓住哥哥的手,快步向家走去。运气真不错,他们摸了一桶蝉蛹。

罗小庆把蝉蛹扣在脸盆下面,乐滋滋地说:"小毛,明天早上哥哥给你做一顿特别的早餐。"小毛的眼睛闪烁着快活的光芒,她拍着小手说:"哥哥真好。""小马屁精。"罗小庆高兴地回应了一句。

小人儿一夜都没睡安稳,嘴里吧唧个不停。她在梦里还惦记着早餐的事。

七

特别的早餐是一顿香喷喷的油炸知了,嫩嫩的知

了肉味道鲜美,小毛的小手和嘴唇上沾满了油渍。

"好吃好吃,太好吃啦。"小毛大声嚷嚷着。

小毛是个小人儿,小人儿知道小孩与大人不一样,她应当享受更多的照顾和体贴。

"你别把我搞丢了,丢了你就没有妹妹啦。"小毛郑重其事地对罗小庆说。罗小庆哭笑不得,小人儿把他搞得理屈词穷。每当他想责备小毛,想发火,想生气的时候,小毛天真无邪地来上那么一句,他立刻就变成了霜打的茄子。

可口的早餐激发了小毛的兴致,她对一切都充满了好奇和热情。小毛想和哥哥玩游戏。罗小庆看见妹妹神采飞扬的样子,小胳膊、小腿都展现着内心的兴奋和渴望,就笑着问她想玩什么。"骑马马,骑马马。"她刚学会一支好听的儿歌,罗小庆记得有那么一句:"我骑上小木马,走天涯。"

罗小庆趴在床上,小毛怕他飞走似的紧紧揪着他。"走呀,走呀。"罗小庆故意晃动着身子,小毛在他的

第三篇 蝉鸣声声

背上大喊大叫。她兴奋,又有点害怕。罗小庆在床上转圈圈,床上空间太小了。他慢慢腾腾挪动时,小毛吆喝他走快点;他走得快时,小毛又嚷嚷害怕。这个小人儿真难伺候。他正面对着窗户,太阳火辣的光芒使他眼花缭乱。这段时间他睡眠不足,休息不好,身心疲惫,突然,他的眼前一阵眩晕。

知了知了——突然响起的蝉鸣声在撞击着他的耳膜,该死的蝉鸣声,吓人一跳。哎,他痛苦地呻吟着。

"走呀,走呀。"小毛在哥哥的背上吆喝着。

小毛的两只小脚猛地击中了罗小庆两侧的肋骨,"哎呀!"罗小庆痛得尖叫。他翻身坐了起来。咚的一声,小毛的脑袋结结实实撞在床的靠背上。小毛被吓傻了,她摸着自己的脑袋,可怜兮兮地望着罗小庆。

罗小庆的表情狰狞得可怕,他咬牙切齿地盯着小毛。小毛知道自己闯了祸,她不敢哭,不敢说话,小脸蛋涨得通红。

"你踢我干什么!你这个小坏蛋!你以为我不敢

揍你是不是！"罗小庆越骂越来气，他怒火中烧地斥责小毛。小毛不可爱的一面，还有妈妈的偏心眼，许多和小毛有关的不愉快的回忆如潮水般涌来，浮现罗小庆的脑海里。他想："今天可没有人给你撑腰，我想怎么收拾就怎么收拾你。"他想把委屈和不满统统发泄在这个小人儿的身上。罗小庆的肋骨那儿不断传来痛的感觉。啊，罗小庆快疯了。

"哥，哥。"小毛怯生生地喊他。

"哥，我不哭，不哭，啊。"妹妹向他坦白，又像在讨好他。

罗小庆泄气了，只剩下干瞪眼的份儿。

小毛热乎乎的身体移了过来，她坐在罗小庆的对面。"哥，我不哭，我长大了。"小毛的脸笑得有点变形，刚才那一下肯定弄疼了小毛。

罗小庆歉疚地搂住了妹妹。"喂，小人儿啊，刚才摔痛了吧？"小毛在笑，没有出声，她默认了哥哥的话，还有点不好意思。罗小庆从前不大注意小毛，认为她年幼无知，可是通过近来一段时间的观察，他发现小毛有时表现得活脱脱就像是个大人。她有思想，有情怀，有想法，她心里有一个自得其乐的王国。

"哥，妈妈呢？爸爸呢？"

"他们很快就回来啦。"

"怎么还不回来呀？哥，他们不要我们了吗？"

"不会的。他们很爱小毛的。小毛要多吃饭，好好睡觉，他们就更喜欢小毛啦。"

罗小庆把嘴唇翘得高高的，故意在这儿闻闻，那儿嗅嗅。果然，小毛的注意力被吸引了过来。

"哥，哥，你在干吗？"

罗小庆粗声粗气地说："我是胖小猪，我闻到了一股奇怪的味儿。啊呀呀，那是啥味儿呢，让我好好想想。噢，对了，是河边薄荷草的香味，还有很多花朵的香味。"

罗小庆怕妹妹想爸爸妈妈，想起来哭得没完没了，所以他总是在"危险时刻"巧妙地利用小毛的好奇心

来引开她的注意力。他拉着妹妹的手说:"我们到河边去采花,再玩小猫钓鱼的游戏。喵喵,走喽,钓鱼啦。"小毛拉开门,像小鸟一样快活地飞了出去。小草帽,还有吃的、喝的——小毛的用品塞了满满一书包。罗小庆背在肩上,感觉书包有点儿分量。哎,全是小毛的家当呀,差不多可以开个小商店了。

八

罗小庆梦见自己正在游泳,不知怎么搞的,一大团水草向他飘来,然后紧紧缠住了他。他挣扎、呐喊、哭泣,后来就醒了,满头大汗。

小毛笑嘻嘻地望着他,手里拿着一根长长的羽毛,在他的脸上拂来拂去。哦,他是被妹妹弄醒的。

"嗨,小毛,你要懂礼貌,哥哥在睡觉,你不该捣乱。"罗小庆和颜悦色地说。

"什么,你要礼帽。给!小毛取出自己的小草帽,扣在哥哥的脸上。"她摆出很大方的姿势。

"我说的是礼貌,不是礼帽。"罗小庆解释道。

"就是礼帽嘛。外面太阳红红的,可热啦,人人都要戴礼帽的。"小毛说。

"好好好,你说得对。"罗小庆认输了,和妹妹争吵下去绝没有好结果,他叹了口气,磨磨蹭蹭穿上了衣服。

他想起了自己的妈妈,是啊,如果妈妈在世,就不会有妹妹小毛啦。他是妈妈唯一的孩子,没有人和他争夺母爱。每当天亮后,妈妈会笑眯眯地摇醒他,跟他说:"宝贝,快起床。"

哎,现在他是个大孩子了。现在的妈妈不是他的亲生妈妈,自然不会那么呵护他了。他认为自己已经是个小小男子汉啦,自己的问题需要自己解决。

他记得自己向爸爸诉过苦,爸爸和妈妈也争吵过。但是后来,爸爸妥协了,妈妈声色俱厉地批评他时,爸爸总是站在一旁不吱声。他的求援无济于事,爸爸总是回避他的目光。

"哥,我有一个好主意,我们去书店玩玩吧。"小毛伏在他的耳边,小声嘀咕着。

罗小庆说:"只要你听话,干什么都可以;不听话,哥哥就不带你出去玩儿。"

小毛说:"好吧,我听话。"

他们收拾妥当,准备外出。突然,小毛像离弦的箭一样爬上了床,掀开自己的枕头,取出了十元大钞。

"哥,我们把钱带上吧,买车票啊。"

他们乘坐的是213路公共汽车,这趟车的人总是很多。但奇怪的是,今天人特别少。车上稀稀拉拉坐了几个人,售票员和一个熟人聊得热火朝天,根本顾不上卖票。

又过了两站,呼啦啦,一下子拥上了好多人。售票员这才懒洋洋地站起身来,"上车买票了……"她吆喝着。

车厢内站满了人,挤得水泄不通。罗小庆缩着身子,躲过了售票员的视线,这趟车比较乱,他以前有过逃票的经历，逃票是件轻而易举的事。

小毛仰着脸，透过人群的空隙，执着地盯着售票员看。罗小庆说："看窗外，看窗外。"小毛侧过脑袋，朝窗外看了几眼，不解地问："看什么呀？"

罗小庆小声说："你看，人、树、车，多有趣呀！"

小毛说："不好玩不好玩。"

她又开始瞅矮小的售票员，售票员抱着票夹子，大约觉得上车的人都买了票，正打算回到自己的座位，突然，小毛尖叫了一声："票，我要买票！"

她的声音又尖又亮，好多人转过脑袋，瞅这一对兄妹。

罗小庆心里叫苦不迭，哎呀，逃不成票了。

售票员笑嘻嘻地问："小朋友，你买几张票呀？"

小毛竖起两根小指头说："两张。"

售票员问："你和谁呀？"

"我，还有我哥。"小毛兴奋地说。

小毛递上十元大钞，售票员撕下了一张票，找了

一把零钱,交给了罗小庆。

"我的票呢,我的票。"小毛嚷嚷着说。

售票员亲昵地抚摸了一下小毛的脸蛋说:"小朋友,你不用买票。"

罗小庆的脸红了,幸亏没有人注意他。

"哥,我不用买票,对吗?"小毛问。

"是的,等你长大了,才需要买票。"罗小庆说。

"噢,我快快长,长大了,我也要买票。"小毛天真无邪地说。

汽车像一条长虫,慢慢悠悠地向前行驶。罗小庆怕突然刹车吓到妹妹,所以他把妹妹的身子轻轻地揽住了。

车在行驶,罗小庆的心在飘飞。

是啊,他想逃票,多么可耻的一个想法呀。他觉得妹妹小毛是个懂事的孩子,在这一点上,他觉得自己不配当小毛的哥哥。

"哥,给我买一本最最好看的小人儿书。"妹妹小

这里的孩子很多，他们都是来摸知了的。小毛寸步不离地跟着罗小庆。梧桐树、泡桐树、白杨树……它们在夕阳的掩映下渐渐模糊了。此时，那些沉睡在泥土里的蝉蛹苏醒了，它们迫不及待地从洞里爬出来，慢慢向树干上爬去。他教会小毛找蝉蛹的方法后，小毛就时不时尖叫着："哥，这儿又有一个。"

毛说。

"哎——"罗小庆说,"一定,一定!"

九

罗小庆没法不生气。

小毛把她的小玩意儿上面摊了一床,下面摊了一地,好像办展览会似的。

这本是一个清净之家、干净之家,但自从有了妹妹小毛后,整个情况全变样儿了。

小毛很满意,这些都是她的"个人财产"呀。小人儿书、小玩具、水彩笔,她把它们一一铺开,哼着儿歌,一会儿弄弄这,一会儿弄弄那,忙得不亦乐乎。

罗小庆训斥过妹妹好几次。妹妹哭成了泪人儿,她觉得挺委屈,她不知道自己犯了什么错。罗小庆看着妹妹伤心的样子,心想:妹妹真可怜。要是妈妈在家,她会向妈妈告状的。可是,妈妈不在家,她只好哭了。

罗小庆见硬的不行,只好来软的。他说:"毛毛,你看家里多乱呀,哥哥帮你收拾一下吧。"他弯下腰,想把那些东西整理一下。

小毛马上就跑过来了。她噘着嘴,一边推搡着罗小庆,一边生气地说:"别动我的东西。别动,别动。"

罗小庆本想再训斥妹妹一番,但他有了前几次的教训,只好无奈地说:"好,好,不动,哥不动你的东西。"

罗小庆坐在沙发上生闷气。他实在想不出更好的办法了。

小毛不理睬罗小庆,继续摆弄她的东西。她不断调整东西的位置。摆这儿,不合适;摆那儿,不合适。就是一本小人儿书,她也要摆弄十次八次的。

罗小庆看见屋里乱七八糟的样子,就心烦意乱。这导致他干什么都没有心情。

"过来,小毛,哥哥有个小秘密告诉你。"罗小庆说。

"什么，什么小秘密？快点告诉我！"小毛欢快地跑过来，向他撒娇。

"啊，我想想。"他不过是随口说了那么一句，没想到一下子吸引了小毛的注意力。

突然，罗小庆看见了那本《狼外婆的故事》的小人儿书，他心里顿时有了主意。

罗小庆转了转眼珠，想了想说："一会儿有人要到我们家来。"

"是谁呀？我认识吗？"小毛问。

罗小庆说："是狼外婆。"

小毛欢快地拍着小手说："我认识，我认识。我在小人儿书里看过。"

小毛问："狼外婆什么时候来呀！"

罗小庆说："你要是把你的东西收拾好了，狼外婆就来啦。你不收拾的话，狼外婆就不来啦。"

小毛突然抓住了罗小庆的手说："哥，你起来，快点起来。"

罗小庆问:"干什么?"

小毛说:"帮我收拾东西呀!"

罗小庆说:"好,咱们一块儿干。"

他心里暗暗发笑,嘿,这一招还真灵。

他想,对付妹妹,得动脑子才行。看来,过去他的方法是简单了一点。

他弯下腰,帮助妹妹收拾她的那些宝贝。不一会儿,屋子收拾得干干净净的。

小毛问:"哥,狼外婆怎么还不来呀?"

罗小庆说:"可能在路上吧。"

"那,我去开门。"小毛说。

小毛冲出卧室,站在门前,踮起脚尖准备开门。可是她的个子太矮,手够不着门把手。

罗小庆正在沙发上坐着,偷乐。突然,他听见一声沉闷的咕咚声。他的身子一激灵,哎呀,坏喽。

他飞快地跑出卧室,见妹妹小毛正躺在地上。"小毛,小毛,摔伤了没有?"他扶起妹妹,紧张地问。

小毛可能被吓傻了，两眼直勾勾地瞅着哥哥，过了几秒钟，才放声大哭起来。

"不哭，不哭，小毛是个勇敢的孩子。"罗小庆抱起妹妹，安抚着。

他把妹妹小毛抱回床上，然后搂着妹妹，开始哄小毛。

小毛的脑袋拱进罗小庆的怀里，号啕大哭了一会儿，然后抽抽搭搭地小声哭泣着。

哭着哭着，一点儿声音都没有了。罗小庆低头一看，妹妹睡着了。他将妹妹放在床上，给妹妹盖上毛巾被，轻轻地抽出胳膊。

哎呀呀，妹妹就像含羞草的叶子一样娇嫩，轻轻一碰，就会受到伤害。以后，可得当心点儿。他胡思乱想一通，并暗暗提醒自己。

不知过了多久，小毛醒了。

"哥，哥，我做了一个梦。"小毛说。

"梦见什么啦？"罗小庆急切地问。

"狼外婆。"小毛回应道。

说完,她扭过身子,又睡着了。罗小庆想,多么可爱的妹妹呀!

十

昨天晚上,爸爸给罗小庆打来一个电话。

罗小庆一听到爸爸的声音,就忍不住哭了。

小毛说:"不哭,不哭,哥哥是个好孩子。"

爸爸说,他和妈妈很好,都找到了工作。过几天,他们就回来接小庆和小毛。

爸爸说:"让小毛接电话,妈妈要和小毛讲话。"

小毛拿过电话,细声细气地说:"妈妈,你是不是不要我们啦?"

妈妈说:"宝贝,你是不是很淘气呀,有没有惹哥哥生气?"

小毛说:"没有,哥哥可喜欢我啦。是不是,哥?"

小毛望着罗小庆,得意地笑着。

第三篇 蝉鸣声声

阳光暖暖地照进房间,又是一个明媚的好天气。

罗小庆躺在沙发上,摊开了四肢,他好想舒舒服服地睡上一觉。

知了知了——

窗外蝉声悠扬,听起来像美妙的音乐一样,不再那么刺耳了。

爸爸和妈妈不在家的日子,罗小庆学会了很多东西。他能做饭做菜,能照顾妹妹。心灵与情感上的收获,也许爸爸和妈妈根本看不见,但他们肯定能感受得到。

他以前对妹妹心存芥蒂,现在,他觉得小毛就是他的亲妹妹。而且,她是那么美丽、可爱。

罗小庆笑着问妹妹:"小毛,爸爸和妈妈回来后,你对妈妈和爸爸讲什么呢?妈妈要是问你:'哎呀,我的宝贝,这段日子,你学会了什么?'你会怎么说?"

小毛眨着眼睛,一副沉思的样子,反过来问:

"哥,你学会了什么?"

罗小庆说:"嘿,我学到的多了。我会炒菜,做饭呀。我准备给他们做一桌丰盛的饭菜哩。"

小毛取出口袋里的小手帕说:"我会洗手帕。这是我洗的。"她认真地说。

真有意思。小毛的手帕,也算是小毛洗的?她从不要哥哥帮忙,但是小庆又不能不帮忙。每次妹妹洗完后,小庆又偷偷再洗一遍。因为她那根本不算洗。

"好,还有吗?"罗小庆问。

小毛转身从桌子底下拖出那个纸壳子,纸壳子里放的全是她的东西。她取出几张纸,在空中扬了扬,说:"我还会画画儿。"

罗小庆突然来了兴致,他拿过妹妹手中的画。呀,什么画,全是用水彩笔涂的色块儿,乱七八糟,什么形状都有。

罗小庆指着色块问:"这是什么?"

小毛说:"超能量飞机。"

"这个呢?"罗小庆又问。

"哥,你真笨,连小胖熊都不认识。"小毛不满地说。

"哈哈,漂亮。那么,这个呢?"罗小庆问。

小毛摇摇头说:"我不认得。"

"是大风筝嘛。"罗小庆说。

"哇,大风筝,可大可大的风筝。"小毛说。

画上有两个小人儿,画得倒挺清楚。罗小庆问:"他们是谁?"

小毛说:"一个是爸爸,一个是妈妈,他们来接我们了。"

罗小庆眼睛酸酸的,他使劲咬住嘴唇,憋住了想哭的欲望。

他拉开宽大的窗帘,完完全全地拉开了。平常,他只拉开那么窄窄的一溜儿。

呀!小毛捂住了眼睛。

屋子里好亮好亮。

罗小庆推开窗户,一股甜丝丝的空气流进房间,不知是什么花草的香气。

小毛快乐地说:"真好闻呀。"小毛做个鬼脸,抽动了几下鼻子。

罗小庆说:"小毛,帮助哥哥干点活儿,行吗?"

小毛高兴地说:"干什么?"

"咱们来拖地板!"

"我最爱拖地了。"小毛大声说。

他们两个一人拿一个拖把,开始拖地了。小毛干得很卖力,可她根本就不会拖地,她拉着拖把在屋子里转圈圈。

"小嘛小儿郎,背着那书包上学堂,不怕太阳晒,也不怕那风雨狂……"

那是罗小庆教妹妹的歌。小毛骑在拖把上,摇摇晃晃地说:"哥,我上学喽!我开着火车去!快点,上车,火车快开啦。"

罗小庆故意骑在妹妹的后面,说:"坐稳喽。"他

第三篇 蝉鸣声声

们高兴地在屋子里做起了游戏。

知了知了——蝉鸣声声,它们像在给这一对兄妹呐喊助威。好美的一个夏天呀!

第四篇

树精

吱——咕——吱。

如泣如诉的二胡声,像被拍打得哗哗作响的窗纸一样,在北风中忧怨地颤抖着。

"妈——张二爷在拉二胡哩!"我甩开被子,睡眼惺忪地说。

我很快活,因为被窝里有一股春天的暖意在流淌。我的四肢惬意地舒展成一个"大"字。

"快睡吧,你看看外面的天色!"父亲用呵斥的语气说。

他缩在墙角那儿,闷头呷着看起来已经很清淡的茶水。

树精

第四篇

他两只手端着大茶缸子,姿势很可笑。他蜷缩着,像一只受到惊扰的大虾米。

在悠扬婉转的二胡声中,父亲的茶缸里还冒着若有若无的热气。那些丝丝缕缕的水汽,犹如某种舞蹈的节拍。

很多个夜晚都保持着这样一成不变的特色。我发现了,却不能做出合乎情理的解释。我的伙伴说这样的事情稀松平常,根本算不得惊人的、有趣的发现。

"爸爸,你是不是在想张二爷……"父亲不耐烦地说:"快睡觉,你的屁股又痒痒了是不?"

哈哈,父亲恼羞成怒了。我似乎证实了一条真理:被孩子猜中心思的大人是羞愧难当的。他们之所以暴跳如雷,是因为他们那些潮湿发霉的想法一文不值,犹如种子埋得太浅,竟然轻易被觅食的鸟儿刨出来了一样。

我的快乐像涨潮的海水一样拍击着我的胸膛,很快,它们又似退潮般风平浪静。

我想起了张二爷,张二爷的二胡,以及他身后的那株大树。

吱——咕——吱。

张二爷的二胡声缓缓响起,我就知道平平淡淡的日子会一如既往,没有欢喜,也没有悲伤。

我的目光像大鸟一样疾速地掠过灰蒙蒙的风景,一下子就锁定了张二爷和他身后的那株大树。张二爷左手扶着二胡,右手端起一把发黄的小茶壶,有滋有味地猛灌了几口。

这时,小村所有的窗户突然全打开了。小村的间歇,比如说午饭时刻、说话的停顿、脚步的迟疑等等,都是由此而形成的。空气中飘落着像是耳朵和眼睛形状的叶子。我的小伙伴说不必大惊小怪,小村几十年如一日流行的始终是这些细节。

即便是喝茶时,张二爷的身子和二胡也始终保持着相同的倾斜幅度。他本可以放下二胡,将二胡搁在地上,然后再从容不迫地喝茶。我想给他提个节省力

我的目光像大鸟一样疾速地掠过灰蒙蒙的风景,一下子就锁定了张二爷和他身后的那株大树。张二爷左手扶着二胡,右手端起一把发黄的小茶壶,有滋有味地猛灌了几口。

气的建议，但考虑到这个问题微不足道，所以一直闭口不言。

有一次，我实在忍不住了，就对父亲说张二爷完全可以改变一下喝茶方式。父亲的眼睛瞪得像牛眼睛一样圆，他似乎对张二爷怀着无限的敬意，转头对我说："你小子别没事找事儿，张二爷走过的桥比你走过的路还多，你多个什么嘴。"他攥紧拳头，关节咔咔作响。如果我再固执己见，可就没有好果子吃了。

我曾向张二爷提过好多好多使我激动万分的建议，但都被他轻描淡写地否决了。张二爷淡淡地说："习惯了。"他温和地笑着，笑容里有一种无坚不摧的力量。他额头上纵横交错的纹路足以粉碎和埋葬我所有的想法，让我悲观且沮丧。

我不甘心地设计了一个语言圈套来逼迫他就范。我说："张二爷，什么叫习惯啊？"张二爷说："习惯就是习惯，如同人是人一样。"我目瞪口呆，哑口无言。我感觉阳光似乎像带着针尖一样，晒得人肌肤疼

痛,我不由自主地背过身子,回避阳光的照射。那个困扰已久的念头又冒了出来,我不失时机地说:"张二爷,你挪挪地方吧,挪到树的那面去,阳光就照不着了。"张二爷说:"我不热,一点儿都不热。"

他的语气那么肯定那么强硬,使我对自己的很多想法产生了怀疑——以己度人似乎不太应该。是的,他热不热只有他最清楚,我怎么能够知晓呢?我又一次尝到了失败的滋味。

吱——咕——吱。

张二爷略微弓着身子,一起一伏地拉着二胡。二胡的两根弦闪着清冽的寒光。

我隐隐约约听见了,季节的四轮马车辚辚驶过小村,拉着满满一车的云雾虹霓和风霜雨雪。马车稳稳当当地停泊在小村的四周开始卸货。

张二爷悠然自得地拉着二胡,他心中有数,知道一切都在他的预料和掌控之中。小村从来就不需要天气预报,有张二爷和他的二胡就足够了。

第四篇 树精

当父亲在屋里像一只迷路的虫子一样走来走去的时候，我知道父亲遇到了麻烦。他把磨好的镰刀和缠好的绳索码放在小平车上，却迟迟不肯下地去。金黄的麦子一览无余，成熟麦子的芬芳在小村弥漫。

我说："爸爸，今天开镰吗？"

父亲说："难喽，老天爷不允许呀。"

我抬起头看看一碧如洗的天空，不明白父亲的心事，他的消极和不安实在有点反常。

过了一会儿，有几个小伙伴约我去玩，但是父亲昨日说今天要开镰，让我跟上一块儿收麦子。于是我征询父亲的意见，他痛快地答应了。我玩得并不顺利，一场小雨冲散了我们快乐的游戏。不过，我很快就扬扬得意了——我明白了老爸似乎未卜先知，能掐会算，他知道天要下雨。

后来他又笑逐颜开，事实证明他的预测来自张二爷的二胡声。他站在窗户那儿侧耳细听，犹如在偷听别人的秘密一样屏息凝神。父亲兴奋地对我说了声：

"走!"然后我们兴冲冲地出发了。

张二爷的二胡声有种神秘的力量,能给小村的人们很多启示。小村的春耕夏耘、秋收冬藏,甚至是阴晴雨雪,悲欢离合,都能从二胡声中淋漓尽致地表现出来。人们对此深信不疑。

我感受到北风刮过的时候,张二爷的衣襟像旗帜一样猎猎飘舞。

吱——咕——吱。

我缩着脖子,袖着手,把自己捂得严严实实的。张二爷聚精会神地拉着二胡。我走到他身边,他连头都没有抬一下。

我说:"好冷啊!"

张二爷用浑浊的眼睛朝我瞥了一下,我不由自主地向身后看了看,他的目光掠过我向更远处飘去。

张二爷的周围铺满了那株大树上的落叶,落叶像金币一样闪闪发光。有几片叶子落在他的膝盖上,不知为什么他迟迟没有拂去。我想这可能又是个习惯问题。

树精 第四篇

那一刻,我很冲动,很想替他清理那几片叶子,但我始终没有动手。我与他保持着一段距离,一段足以让我表现敬畏的距离。

大树与张二爷休戚相关,这在我们小村里广为人知。人人都晓得大树是张二爷的祖先栽下的。大树让我们想入非非,我与伙伴们为此喋喋不休。我们争论的焦点是:树里能藏几个神仙老爷爷,还有他们在大树里面吃什么喝什么玩什么。那一次,我诚恳地问张二爷:"二爷,这树叫什么名字呀?"张二爷慈祥地说:"这不重要。"

我被噎得面红耳赤,只能咳嗽两声来掩饰自己的尴尬。很显然这个问题好像十分愚蠢,我记得我好像从没有提出过什么聪明的问题。

吱——咕——吱。

听着二胡声,我若有所思地望着父亲。欲言又止很多次之后,我终于鼓起勇气和父亲谈起了大树。

"爸爸,爸爸,能给我讲讲张二爷身后的那株大

树吗？我觉得它不同寻常，但又说不出它到底特别在哪儿。它的材质不错，或许早该伐倒做些有用的东西了，等它长到空心岂不白白浪费了吗？"

"什么什么，你说伐倒它？"父亲大惊失色，他压低声音说："嘘，小点儿声，那树是树精哩，是咱们村的命脉。一个风水先生很久以前来过咱们村，他说咱们村是块风水宝地，宝就宝在那株树上。咱们村的庄稼收成好，各家各户平安兴旺，全凭它的保佑。"

我说："这是迷信，谁会相信呢？"

"是啊是啊，我像你这么大时也不相信，事实上，我们又不得不信。无论是兵荒马乱的年月，还是发生自然灾害的年头，咱们村一直都风平浪静。这平平常常的日子，本身就是一份富足呀。如果没有神奇的力量暗中保护，我们村能安稳这么多年吗？前年，邻村的猪瘟硬是没有传染过来。去年地震，邻村倒了不少屋子，但没损伤咱们村的一草一木。这难道不是奇迹吗？是那个树精在保护我们。"父亲目光炯炯，面色

第四篇 树精

通红，他的表情有点吓人。

"树精，树精，使人敬畏哩！张二爷守在树精那儿，是守着我们全村人的命脉哩。"父亲无比钦佩地感叹道。

我和伙伴们对树精津津乐道，我们的谈论都是背着大人的。想起那些可能对树精不敬的话语，我感到芒刺在背，很害怕会遇到什么不好的事情。好在我们谈论的那些坏事并没有发生。

小雨淅淅沥沥，空气中飘着苦楝花略带苦涩的香味。我们在教室上着课。充满了是是非非、恩恩怨怨，总是纠缠不清的历史课让我很头疼。窗外清亮的雨滴丝丝缕缕，带着些许忧伤和惬意映入我的眼帘。

张二爷、二胡、大树是我思绪里的雨滴，他们连绵不绝地飘落下来，又经久不息地发出回声。

突然，书生气十足的历史老师喊出了我的名字，并抛出一个问题让我回答。

我脱口而出："张二爷，不对；二胡，不对；错啦，

树精。"

猝不及防的提问打乱了我的思绪,我语无伦次、结结巴巴地回答。它们本来正漫游在我的思绪中,瞬间的慌乱使我将它们全部出卖了。

哈哈哈——同学们哄堂大笑。

"荒唐荒唐,岂有此理——"老师昏花的眼睛,在具有历史厚度的镜片后面满含愠怒地喊道。

历史老师批评了我几句,接着又摇头晃脑地开始在遥远的废墟和遗址中漫游。

吱——咕——吱。

张二爷的二胡声"破窗而入",嘹亮、悠扬的乐声在教室里回荡。我环顾四周,发现没有一个人表现出惊诧。此时,我才明白这不过是自己恍惚中的错觉,或者说是幻觉。

那一堂课使我感到莫大的快慰。"历史"这个庄严神圣的词语被我移植到了张二爷的身上。张二爷、二胡、大树、窗外的雨滴,好像都变成了泛黄纸面上

第四篇 树精

的一行行文字。

有一次,我破天荒地察觉到张二爷放下了二胡,他在笨拙地揉眼睛。我觉得这是一个了不起的发现。我想可能有一粒沙子飞进了他的眼睛。

张二爷揉眼睛的姿势很可笑。他左右开弓,两只手在不停地揉搓。他那股认真的劲儿,好像依然在拉着二胡呢。

我重重地咳嗽了一声。他惊讶地抬起头看着我。

我说:"大树……"

张二爷似乎有点惊慌,他立刻挺直了身子,问道:"大树怎么啦?"

我说:"大树让人肃然起敬。"

张二爷一字一顿地说:"是啊,完美无缺,人人都这么说。"

我说:"我从未见过这么粗壮、优美、繁茂的大树。"

我慢慢向大树靠近。张二爷的目光紧紧地追随着

我。我绕了半圈,用手抚摸着凸起的树皮。

我突然发现张二爷背后的这株树身上隐约有雷击过的痕迹。我想弯下腰仔细看,猛然间,张二爷尖叫起来:"你,你,你想干什么?"

我后退几步,紧张地望着张二爷。

我说:"张二爷,我想看看大树!"

张二爷缓和了语气:"你看见了什么?"

我拖长腔调说:"我看见——"

话没说完,张二爷的脸上就充满了绝望的神情。他的皱纹又深又长,眼神落寞,眼角泛着悲凉的泪光。

咣当——

张二爷的二胡掉在地上。他捡起一根枯枝吃力地把二胡拨到手边。

张二爷说:"你不会告诉别人吧?"

我说:"不会不会。"

走出老远老远,我才回过神来,心想张二爷真古怪,我告诉别人什么呢?

第四篇 树精

吱——咕——吱。

鹅毛大雪纷纷扬扬，装点了整个小村。我躲在屋子里，看一本关于小动物在冬天生活的童话故事。我懒得出门，好多小动物也懒得出门。我听见张二爷的二胡声中有股凄凉的味道。一年四季，张二爷就拉四种曲调，他的乐曲也有变化，但并不明显。我习惯于按照乐曲的节奏安排自己简单的生活。小村沉浸在安宁的喜悦之中——它似乎也习惯了这种方式。

直到有一天，小村不再平静——张二爷不见了。那是因为有一个人在大树下摔了一跤……

不可能不可能——我在心里极力否认这个已经在小村传得沸沸扬扬的事实。大树上有个洞，天哪，人们都惊呆了。

我疯狂地跑向大树，跌跌撞撞地来到大树下——那是一个被雷击过的洞口，黑乎乎的像个没有牙齿的嘴巴。

真不可思议，张二爷瘦小的身体竟能够遮掩住这个洞口，并一直不为人知。我的泪水悄然滑落下来。

茫茫的天地之间，一片雪白。

吱——咕——吱。

张二爷的二胡又隐隐约约响起。

张——二——爷！

我声嘶力竭地喊，喊出一大片湿乎乎的泪水。我的伙伴们都赶来了，他们默不作声，惊恐地向四周张望……

后来，我们在大树下快乐地玩游戏——打雪仗、堆雪人，很有意思。我们都扯着嗓子朝大树的洞口喊："喂，里面有人吗？"

大树里面肯定没有神仙，神仙能住这样破烂的房子吗？

第二年春天，大树枯死了。

我们削好柳笛，学着大人在葬礼上庄严肃穆的样子，在大树下吹奏了一支伤感的乐曲。

第五篇

环形跑道

一

　　天还没亮，我已经开始在校园里跑步，一边跑，一边想着操场上那条环形跑道。这个时候如果有月亮的话，一切就更完美了。偌大的校园里，就我一个人在跑步，没有人愿意起这么早。

　　我更愿意在操场上跑步，如果没有发生那件事的话。四周一片寂静，我不愿意被人打扰，更多的时候我像一只孤独奔跑的野兔。

　　我喜欢环形跑道，因为它看起来像一个虚幻而又美丽的圆。我跑着跑着就想起曲曲弯弯、若隐若现的山间小路。在以往的岁月里，我每天都要从这一座山走到另一座山上去，站在山间那个简陋的校园门口，回望着我所走过的路。那条蜿蜒起伏的山路，就像一条白色的丝带在山峦上圈的一个圆。

校园的灯光昏黄昏黄的，在天没有彻底放亮之前，它们就像病了的月亮掉下的碎片。如果有月光的话，跑在环形跑道上会让人有一种奇妙的感觉。我似乎感觉到，那个环形跑道就像是月亮的化身，就像是诗人笔下的月亮，就像是被撑得很圆满的月亮。

二

每天早晨，我都迫不及待地要去环形跑道跑步。这似乎成了我下意识活动的一部分。我必须起得早早的。因为从这一座山到另一座山，需要走很远很远的路。在山上，从这一座山遥望另一座山，很近很近，只要你的想象力足够丰富，你可以设想迈开一大步，就能从这座山跨到另一座山上去。实际上，只要你的

一只脚踏在山路上,你就明白你是多么愚蠢了。

圆圆的月亮悬挂在空中,你听不到一丝的响声。那种寂静就像你走进了一间宽大、黑暗而又隔音性能良好的房间。你听不到别的,只能听到内心传来的隐秘的呼唤声:跑跑跑!

在环形跑道上,我必须竭尽所能使出全身的力气。当下一个跑步的人抵达的时候,我已经在水房里哗啦啦洗冷水澡了。在冬天,我也要洗冷水澡。因为我最需要的是一个健康的体魄。

我是跑得最好的,最快的,这一点我再清楚不过了。但是人多的时候总是发挥不好,尤其令我沮丧的是,每一次班里举行跑步比赛,我总是最后一名。要是周围一个人都没有,就我一个人跑的话就好了……当然这是个愚蠢的想法。在城市里,几乎每一棵小草都能发出人的咳嗽声,几乎每一寸柏油路面上都响着汽车粗重的喘息声。我看不到月亮。

在那天跑步的时候,我很意外地听到了一声惊讶

圆圆的月亮悬挂在空中，你听不到一丝的响声。那种寂静就像你走进了一间宽大、黑暗而又隔音性能良好的房间。你听不到别的，只能听到内心传来的隐秘的呼唤声：跑跑跑！

而又颤抖的喝问声："那是谁？"月亮急速地坠落，我的眼前一黑，一阵剧烈的疼痛使我浑身软绵绵地蹲在地上。那时，我怀疑我腿上哪个关节出了问题。

当天慢慢放亮的时候，还有一个人也在跑步——是体育老师。她像是一个柔道运动员，全身像注入了钢铁似的，肌肉的轮廓非常明显。她恶狠狠地瞪了我一眼，然后大步流星地飞奔而去。

三

她的眼神让我受到了惊吓。我就像一只野兔，任何一点儿动静都能使我受到惊吓。我不得不选择另一条跑步路线。我开始沿着校园跑步。我跑步的时候，老想着那个环形跑道。有几次在校园道路上跑，我走神了，狠狠地撞在树上或者墙上，还有一次跑到了路边的常青树丛里。每一次我都骤然一惊，似乎不小心掉进了陷阱里。

在校园道路上跑步和在环形跑道上跑步的感觉不

大一样。在校园道路上跑步不仅痛苦,而且很疲惫,几乎没有乐趣可言。

跑完步,我在水房里哗啦啦冲冷水澡。特别是在冬天,我把脸盆里的水从头顶上浇下去的时候,会发出特别大的响声。这种响声听起来就如同把整栋楼的水龙头都同时打开了。

在校园道路上跑完后,我花费的冲澡时间比较长,要比在环形跑道上跑完步冲冷水澡的时间长得多。有一天夜里,有一个男生裹着棉被上厕所,他气冲冲地说道:"都几点了还不睡觉,害得别人也不能睡,吵死人啦。"他的脑袋在我眼前晃了一圈,哼了一声。我听见他在厕所里咕哝了一句:"没素质!"

第二天,好多人在楼道里讨论前一天晚上吵闹的事。后来我看见人们看我的眼神古怪,还在我的身后指指点点。被人注视和议论使我感到很难堪。我的身体好像也在发生变化,那些骨头似乎突然消失了,只剩下一堆可以变形的肌肉。

更要命的是，我在跑步的时候，常常会看到老鼠。它们在我的眼前肆无忌惮地跑来跑去，好像刚刚开完一个秘密会议，专门来和我作对似的。

任何人都不相信我的话，因为他们从来没有在这里看到过老鼠。这更加重了周围人对我的偏见，我总是噤若寒蝉，就像一棵被露水打湿了的山间小路上的小草一样想要躲藏起来。

四

我无缘无故地感觉到我的腿出了问题，常常走着走着突然停下来，额头直冒冷汗。我站立一小会儿，才能缓过神来。等待着疼痛像一阵云雾似的袭来。当疼痛更严重的时候，我就得蹲下来。为了避免被别人注意到，我故作轻松地做一些假动作，比如在衣兜里翻翻，好像在找什么东西；或者打开书，装作刻苦好学的样子；或者装作小顽童的样子看地上的蚂蚁。

当然，奇迹也总是在这个时候发生。我看见了月

亮,春天夜晚的月亮,很低很低地悬挂在我的头顶。我所有疼痛感顿时消失得无影无踪。然后,我风驰电掣般飞跑起来。这个时候,我好像就看不到身后惊诧的目光,听不见喋喋不休的议论了,或者我只当他们是在谈论和我无关的一个陌生人。

有一次,我飞跑的情景被体育老师看见了。她死死盯着我,或许认为我在跑步方面能力出众。她找到了我,在她那间芬芳四溢的办公室里,她温柔地看着我。她的眼里发出奇异的光芒,她说要我代表我们班参加全校的长跑比赛。不不不……我想竭力挣脱她的手,但她不容分说、硬生生地说:"相信自己,你行!"

我害怕在人群注视下跑步,想到比赛,我好像掉进了一个大冰窟窿里,浑身冻得直哆嗦。没有月亮,我孤独无助地站在山顶上,遥望着黑得不能再黑的天空。

我参加比赛的结果可想而知,又是最后一名。我差点哭了。这不是我的真实实力,我知道我是跑得最快的。此刻体育老师的肌肉又像钢铁似的,她两手叉腰,恶狠狠地看着我。

我小声在心里说:"这不是我的错,如果有月亮照耀就好了,可惜我没有看见月亮。"我想哭!

那天夜里,我破例在人们熟睡的时候,沿着校园跑了一圈。它破坏了我长期以来晨跑的习惯。害怕吵到别人,我没敢冲澡,浑身汗涔涔地入睡了。

五

我常常有奔跑的欲望,可是我不得不压抑自己,因为我怕被别人视为不正常。但是在山间的小路上,就不必这样想。即便是阳光灿烂的白天,我照样可以疯狂地奔跑。蝴蝶、蜜蜂,还有天空中的小鸟,它们和我一起飞翔,是我领着它们。灿烂的心因为奔跑而更加灿烂,就像一朵不得不开放的花。

我喜欢圆,喜欢月亮。在环形跑道上,我的身子永远向着内侧,就像倚靠着我的梦一样。现在我不能

去环形跑道了,我害怕再见到体育老师。这样,我就偏离了自己的轨道。有时候,我感觉自己像喝醉了似的,摇摇晃晃、茫然失措,因为我不知道我要到哪里去。

我想起了以前在上学的山路上的一个场景——有一次跑步上学的时候,我不小心踢到了一块石子。但是我的脚并没有感觉到疼,那块石子似乎也轻飘飘的,所以我特意蹲下来看了一眼那块石子,结果我发现这是一枚已经干枯的松果,我欢欣鼓舞地捡拾起来。松果,松果,你的心里面藏着多少秘密呢?你是被飞禽还是走兽带到这儿的?这个偶然的发现使我异常快慰。

就在我侧脸的一刹那,我看见了月亮,心里响起一个声音:我要跑要跑,我要飞快地奔跑起来。月亮在前方,我跑到操场环形跑道边时,停住了脚步,可是,我的心还在怦怦跳个不停。我停住了,但是心里似乎还有一个小人儿在奔跑。我内心有种说不出的欢喜，在月亮陪伴下奔跑的感觉使我尝到了甜蜜的滋味。

这时候，我看见了一个人，一个和我同龄的女孩。她坐在小树林里的一条长椅上。她洁白的连衣裙在微风吹拂下轻轻摆动着。在她的裙子上摆着一本摊开的书。她似乎在对着我笑。

天哪，她一定注意我很久了，她可能知道我的秘密了。她的笑就像山丹丹花那样迷人，她嘴唇红润，牙齿雪白，仿佛对我说着几个春雷般的字眼：你是最好的！你是最棒的！你是最快的！

长久以来，这个女孩的一切就在我的梦中。尽管只有惊鸿一瞥，我却已经看得清清楚楚了，她的轮廓、酒窝、长发……和我梦中的女孩一模一样。她有一张像月亮一样的脸。

我顿时感觉自己有用不完的力气，开始在校园里奔跑。所有的人都惊诧不已，他们从来没有见过跑得这么快的人。当我飞奔的时候，我看到了体育老师，她看我的眼神突然有了活力。

后来,她又破例让我代表全班参加学校的跑步比赛,参加区里的跑步比赛,参加市里的跑步比赛……我一路跑过来,全部拿了第一名。体育老师很高兴,她把这一切视为她培养的结果。因为,在每一次参加比赛之前,她都要给我讲跑步的要领,都要给我说一些鼓励的话。

我沿着校园跑步的时候,每一次都能看见那个白衣女孩。好像她能听见我的脚步声,好像她的眼睛每时每刻都在盯着我。她微笑着看着我,似乎在说:"加油,加油!"

六

我很羞怯,每一次都想走近那个女孩,但我又没有勇气。如果是在山间的小路上,我会毫不迟疑地走向她,然后和她亲切地交谈。而我最想和她谈的就是月亮。

只有在静谧春天的夜晚才能感到如水的月光,这时候的天气不冷不热。这个时候能听见种子在土层下面发芽的声音，能听见植物拔节的声音，能听见身体内血液流动的声音。那是一种充盈着快乐的充实和孤寂。就算是一只小虫子探头探脑扭动身躯的声音，也能听得见。

哦，月亮，月亮！

但是，这是在校园内，在城市的校园内，周围重重的干扰使我不能怀着那样洁净的心情走近那个女孩。也许在某一刻，我突然找到那种在春天的夜晚被月光照耀的感觉，我会义无反顾、情不自禁地走向那个白衣女孩。我惶恐不安，一次次在她的周围盘桓。终于有一天，我慢慢靠近了她。

她笑着，我听见了那无声的鼓励。她好像在说："很高兴认识你。"

我踩着厚厚的落叶，走进一片树林之中，就那样软绵绵地、缓缓地走近那个女孩。

我用颤抖的声音说："你——好！"

女孩欢快地说:"你好!"

大概是因为激动,摊在她裙子上的那本书掉在了地上。

我慌忙地捡起那本书,小心翼翼地递到她的手中。女孩往旁边移了移,给我腾出了好大一块地方。我坐了过去,闻到一股熟悉的、淡淡的香味,那是山花开放时的味道。

我没有看那个女孩。我望着旁边高大的白桦树,自言自语地说:"月亮很美。"

女孩用梦呓一样的声调说:"很美很美。"

我说:"你每天都在这儿看书吗?"

女孩说:"是的!"

我说:"你看见我跑步了吗?"

女孩说:"看见了,你跑得快极了。你是最好的,你是最棒的,你是最快的!"

起风了,很大的风,没有一点儿预兆。女孩一哆嗦,手里的书又掉在了地上。

七

记不清有多少次这样的相遇和交谈了。终于有一天,我发现了一个天大的秘密——女孩是一个盲人。我是看着她摸索掉在地下的书时,发现的这个秘密。

我的眼泪掉了出来。

女孩说:"其实我只能感觉到你在跑,像风一样。我很渴望有一间小屋,山上的小屋,抬头就可以看见月亮。"

我说:"哦,这不难做到。你已经拥有了。"

女孩热切地说:"是吗?是吗?我也说过我已经有了,可是别人都不相信我。你相信吗?你能看见月亮吗?"

我说:"能,我能看见!"

女孩说:"谢谢你,你是来我小屋做客的第一个朋友。"

我突然看见女孩手里的书像是一本诗集。我擦掉

眼泪说:"哦,对了,你能给我读一读这书吗?"

女孩说:"好啊,好啊,我给你读。"她用手摩挲着纸面开始读:

我就要动身走了,去茵纳斯弗利岛,

搭起一个小屋子,筑起泥巴房;

支起九行芸豆架,一排蜜蜂巢,

独个儿住着,树荫下听蜂群歌唱。

我就会得到安宁,它徐徐下降,

从朝雾落到蟋蟀唱歌的地方;

午夜是一片闪亮,正午是一片紫光,

傍晚到处飞舞着红雀的翅膀。

我就要动身走了,因为我听到

那水声日日夜夜轻拍着湖滨;

不管我站在车行道或灰暗的人行道,

都在我心灵的深处听见这声音。

女孩的脸上慢慢露出了幸福而又神往的表情,书又从她的手中滑落了。她站起身,用手指着天空说:"你看见了吗?好大好大的一轮月亮!"

我说:"看见了看见了!"

女孩说:"你哭了吗?"

我说:"没有!你听见的是露珠落地的声音。"

八

我又重新在环形跑道上奔跑起来。每天,当周围的一切都在梦中的时候,我就开始跑步了。

体育老师站在环形跑道的中心,喊着嘹亮的口令。一刹那,她好像变成月亮飘上了天空。万物的变化无奇不有,我终于相信没有什么是不可改变的道理。

那个女孩站在操场的铁栅栏外,挥动着洁白的丝

巾为我鼓劲。

我抬头看到了月亮和满天的星星。

于是,我跑啊跑,跑啊跑,一直向着月亮跑去。